MÔNICA CUNHÃ
WILSON SUSSU

CIDADE DE DEUS

MEMÓRIAS DE UM PERSONAGEM

mórula
EDITORIAL

REVISÃO
Janaína Augusto
Rafael Canazart

IMAGEM (CAPA)
Julia Sztokman sobre fotos de Wilson Sussu

CIP-BRASIL. CATALOGAÇÃO NA PUBLICAÇÃO
SINDICATO NACIONAL DOS EDITORES DE LIVROS, RJ
Elaborado por Meri Gleice Rodrigues – CRB 7/6439

C979c

Cunhã, Monica
Cidade de Deus: memórias de um personagem / Monica Cunhã, Wilson Sussu. – 1. ed. – Rio de Janeiro: Mórula, 2025.
172 p. ; 21cm.

Inclui bibliografia.
ISBN: 978-65-6128-114-0

1. Cidade de Deus (Rio de Janeiro, RJ) – Crônicas. 2. Crônicas brasileiras. I. Sussu, Wilson. II. Título.

25-97986.0 CDD: B869.8
CDU: 82-94(81)

Rua Teotônio Regadas 26 sala 103
20021_360 _ Lapa _ Rio de Janeiro _ RJ
www.morula.com.br _ contato@morula.com.br
morulaeditorial morula_editorial

À Julia Sztokman e ao Rafael Andarilho pelo incentivo à retomada deste projeto, que já se encontrava esquecido, em meio aos escombros da memória, lugar em que ideia alguma merece estar.

SUMÁRIO

PREFÁCIO

BUSCAPÉ, ALIÁS WILSON, ALIÁS SUSSU

Michel Misse

Com certeza, você ainda deve se lembrar de Buscapé, o fotógrafo que encerra o filme "Cidade de Deus", de Fernando Meireles e Katia Lund, com o seu olhar de grande angular entre o honesto, o amedrontado e o trágico, contrastando com os olhares nervosos e perdidos dos meninos-bandidos que dominam o enredo do filme. Buscapé é uma criação do escritor Paulo Lins ("Cidade de Deus", Cia. das Letras, 1997) cujo livro inspirou o filme. Neste, Buscapé, que no livro não é um personagem muito importante, transforma-se em personagem-chave e narrador da história. Nem no livro nem no filme há, entretanto, qualquer referência, nos créditos, à existência, real, do jovem fotógrafo, seja para preservá-lo, seja por outras razões. Buscapé é uma invenção do ficcionista Paulo Lins, mas inspirada em um jovem seu contemporâneo. Já o Buscapé do filme é uma reinvenção do roteirista Bruno Mantovani, que explora e aprofunda alguns traços do personagem original do livro. Se os leitores e expectadores não se importam muito com esses detalhes, o mesmo não acontece com os moradores da Cidade de Deus real, que o conhecem há décadas e passaram a indagá-lo para saber o quanto das histórias narradas era real e o quanto ele estava metido em tudo aquilo. Cansado de dar explicações, Wilson Sussu, este o seu nome, resolveu, com o apoio de Mônica Cunhã, contar a sua história. É uma história real, sua autobiografia desde criança. Uma penetrante revisão de uma época de grandes transformações no Rio de Janeiro e no Brasil, vista pelo ângulo de um morador de uma comunidade que reúne, desde meados dos anos 60 do século passado, um conjunto residencial de desalojados de várias favelas da Zona Sul do Rio, além de casas e novas favelas surgidas ali, distribuídas por uma grande área do bairro carioca de Jacarepaguá.

Em 1980, quando Alba Zaluar fazia o seu trabalho de campo na Cidade de Deus, com Paulo Lins como seu assistente de pesquisa, eu estava fazendo a minha pesquisa em Nova Iguaçu, pelo projeto *Law and Conflict Treatment*, do Club de Viena, sob a direção geral de Felipe Augusto de Miranda Rosa. O tráfico existia, mas limitado a pequenas "bocas de fumo", não era ainda o principal problema de segurança pública no Rio, então mais preocupado com os "pivetes", os assaltos à mão armada, os sequestros e os grupos de extermínio na Baixada Fluminense. Estávamos nos últimos anos da ditadura militar e ainda não havia facções no sistema penitenciário, surgiam as "falanges" (Vermelha, Zona Sul, Coréia, Jacaré), ainda desconhecidas do grande público e mesmo das principais autoridades. Um relatório do diretor da Ilha Grande, Nelson Salmon, revelava pela primeira vez ao então secretário de segurança a existência do que ele então denominou de "Comando Vermelho", em começos dos anos 80. Mas apenas a partir de meados dos anos 80, com a chegada em massa da cocaína a preços baixos, o tráfico passará para o primeiro plano em toda a cidade.

Ao contrário do que muitos podem ter pensado, não havia ainda "comandos" na Cidade de Deus nem nas histórias do livro nem no filme, apenas quadrilhas que já começavam a controlar e a disputar entre si a venda de drogas na área. Isso já era uma novidade, pois o tráfico ainda não rendia o bastante para produzir qualquer nível de organização como alguns anos mais tarde se verificou. A novidade também era acompanhada pelo nível de violência, jamais vista naquela escala mesmo em favelas tradicionais da cidade ou da baixada, até então. Ao contrário do que o livro e o filme podem fazer crer, a Cidade de Deus era um bairro relativamente pacífico até que as disputas pelo tráfico e as operações policiais interrompessem o cotidiano suburbano da comunidade a partir de meados dos anos 80. O livro e o filme colocam seu foco no surgimento das primeiras quadrilhas entre fins dos anos 60 e o início dos anos 80. A Cidade de Deus e seus moradores ficam praticamente ocultos, quase invisíveis, pela exposição da violência como a marca registrada e o foco principal tanto do livro como do filme. Vemos os moradores apenas passarem nas ruas e vielas, evitando entrar nas cenas principais, quase que pedindo para não serem vistos, descritos ou filmados.

Em sua autobiografia o que Wilson Sussu nos oferece é essa parte invisibilizada de uma Cidade de Deus de trabalhadores, de crianças brincando em suas ruas e imediações, de valentes e bandidos relativamente integrados à vida cotidiana, de uma violência policial que estimula a longa tradição do racismo e dos preconceitos na relação com os jovens das favelas. A Cidade de Deus é posta sob sujeição criminal apenas pelo fato de existir e de receber os favelados da Zona Sul. Imagino que Wilson teria uns oito ou nove anos quando houve a transferência dos moradores das favelas da Ilha das Dragas e da Praia do Pinto para os conjuntos recém-inaugurados na Cidade Alta, em Cordovil, e na Cidade de Deus, em Jacarepaguá, construídos para recebê-los. Acompanhando a mesma época descrita no livro e no filme, Wilson Sussu nos apresenta não a personagens de ficção, mas a pessoas próximas, sua mãe dona Terezita, seu tio Mauriene, amigos como Saulo, Tiago, Sarado, colegas e amigos que entraram para vida do crime como Calu, Fininho, Jacó, Nem, Bené... A narrativa não tem preocupação literária, não doura nem picha a pílula, apenas a descreve com seus próprios comentários e reflexões. O livro me levou de volta ao Rio daquele tempo, ao tempo das minhas pesquisas na Delegacia e no Juizado de Menores, a Pendotiba e ao largo da Batalha, em Niterói, a Nova Iguaçu, ao Rio Douro, em São Gonçalo... É uma referência importante para quem, nos dias de hoje e de amanhã, os que não viveram aquela época, ainda quiserem compreender as raízes do longo processo de acumulação social da violência no Rio de Janeiro. Saúdo Wilson e Mônica pelo esperado livro!

APRESENTAÇÃO

Wilson Sussu

O desejo de contar minha história emergiu, a princípio, da necessidade pessoal de restabelecer a verdade sobre meus familiares, amigos e fatos ocorridos durante meu percurso de vida na Cidade de Deus, habitada por mais ou menos 99% de pessoas honestas, dentre elas estudantes, donas de casa e trabalhadores que não merecem ser discriminados pelo lugar onde moram. Bem como, talvez, oferecer, através do meu olhar, um retrato diferente desse universo paralelo da favela, que muitas pessoas só têm a oportunidade de conhecer por meio da lente da televisão ou da internet.

Enquanto decidíamos sobre o que e como escrever, essa ideia foi amadurecida e resolvemos alimentar o texto com fatos históricos, que o tornariam mais rico e interessante, contextualizando-o histórica e politicamente. Precisávamos contar toda essa trajetória de vida para alguém, então, Mônica resolveu contar para seus alunos, espalhados pela estrada da vida de luta pela educação. Certamente o mais relevante será ter o conhecimento de que minha história inspirou algum jovem perdido em meio à falta de alternativas.

Tudo começou quando fui convidado, em 2003, a expor meu olhar sobre a Cidade de Deus, na Escola Superior de Propaganda e Marketing, com uma exposição intitulada "Cidade de Deus, um outro olhar". A curadora, professora Ângela Santi, pediu-me que escrevesse algumas linhas sobre fatos ocorridos comigo e que retratassem um pouquinho da vida dos moradores de favela. A primeira história que me veio à cabeça foi uma passagem que nomeei como "Passeio de camburão". Como a linguagem que domino é a visual e minha companheira Mônica escreve melhor do que eu, pedi a ela que transformasse meu relato oral em texto. Ela conseguiu traduzi-lo em formato de crônicas, de maneira que me senti representado. Apesar de muito longa a história do camburão, para o propósito estabelecido pela professora, ela adorou o texto e usou-o, em suas aulas, provocando grande curiosidade e surpresa entre os alunos, totalmente alheios aos problemas da favela. O texto foi um sucesso, e ela nos incentivou a escrever outros episódios.

Com o estímulo provocado pela ótima receptividade da exposição, o incentivo da professora Ângela e o desejo de ter voz, emergiu um sentimento de justiça com meu passado e com a Cidade de Deus. Esse sentimento cresceu, em mim, após alguns episódios da minha vida serem divulgados e comercializados, nacional e internacionalmente, por meio de livro e filme. Tomaram posse de minhas histórias, contaram, descontaram, recontaram, misturaram e rodaram o mundo. Muitas vozes, ao mesmo tempo, e alguma confusão. Esse fato causou-me um grande desconforto pessoal, social e familiar. Muitas pessoas, inclusive íntimas, perguntam-me, até hoje, sobre a veracidade do que fora divulgado. E posso imaginar quantas não tiveram a coragem de fazê-lo por constrangimento. Enquanto dava explicações sobre o ocorrido, resgatava meu passado e percebia o quanto se fazia necessário esclarecer qual o meu lugar nessa história.

Em qualquer reunião social, via-me obrigado a contar e recontar minhas crônicas da Cidade de Deus, provocando surpresas e gargalhadas. Embora me divertindo entre amigos e desconhecidos, após algum tempo, isso se tornou uma obrigação enfadonha. Cansado de dar extensas e exaustivas explicações, individualmente, resolvi contar a todos, e de uma vez por todas, onde estive e onde estou, hoje, no mundo.

ÊXODO

Ceará. Lá estão enterrados quase todos os meus antepassados. Os que não conseguiram — por apego à terra natal ou falta de oportunidade — tentar a sorte em alguma grande metrópole.

Meus pais vieram para a cidade grande, nos anos 50, e, por uma incrível coincidência, conheceram-se no Rio de Janeiro, instalando-se na zona sul da cidade, mais especificamente no bairro do Leblon, à beira da Lagoa Rodrigo de Freitas, entre o Jockey Club e o Clube de Regatas do Flamengo. Ponto nobre da cidade. Em uma pequena favela que fora batizada com o nome de Ilha das Dragas e era formada, em maior parte, por pescadores.

A lenda, que me chegou aos ouvidos, diz que, há muitos anos, ocorreu um atolamento de dragas numa tentativa de aterrar a Lagoa e, como não havia meios de retirá-las do local, afundaram e ficaram por lá mesmo.

Era uma vez... a Ilha das Dragas.

No momento em que minha mãe me concebeu, meu irmão Hilton era filho único e, apesar da pequena família, meu pai não queria mais filhos. Por ser do interior da seca, mamãe conhecia várias ervas abortivas e tentou todas durante a minha gestação. Mas, inacreditavelmente, nenhuma delas funcionou. Fato que a deixou bastante surpresa.

Católica, porém preocupada com o futuro que não estava conseguindo controlar, foi com minha tia Helena, pela primeira vez, a uma vidente. A mulher dava suas consultas na própria residência, situada em uma rua atrás da Estrada de Ferro Central do Brasil.

Difícil de passar despercebida e chamada, carinhosamente, pelos cariocas de Central, seu prédio fica no coração da cidade do Rio de Janeiro e é conhecida por ostentar um enorme relógio plantado a 135 metros de altura do chão. Foi e ainda é pano de fundo de diversas manifestações e acontecimentos históricos do país desde sua existência. Ponto de encontros, chegadas e partidas da grande massa de trabalhadores que movimenta suas plataformas. A primeira e mais importante estação ferroviária do país na época, inaugurada em 1858. Trabalhadores lotam seus trens, na maioria das vezes, vindos dos mais longínquos bairros da cidade. A seu lado fica o Palácio Duque de Caxias. Um prédio espetacular que forma um belíssimo par no estilo *Art Déco* com a estação de trem. Em frente, o antigo prédio da Casa da Moeda e o Campo de Santana com um belo jardim.

Em contraste com toda essa monumentalidade, escondidas atrás do belo prédio da Central, encontraram residências simples, habitadas por pessoas humildes. Esse era o local de moradia da tal vidente. Adentrando aquele universo desconhecido e passando por várias vielas estreitas e suspeitas, lá foram elas atrás de desvendar seus futuros. A vidente usava um vidro lilás, colocado na frente do rosto da pessoa, e via coisas que somente ela podia ver, decifrando o que estava por vir. E foi assim que fez com minha tia e minha mãe. Sem mencionar e nem aparentar a gravidez, mamãe foi surpreendida pelas palavras da mulher "não adianta continuar tomando nada, porque esse aí tem dia certo para nascer e, se você não o quiser, me dá que eu crio." Mamãe saiu furiosa e esbravejando com um festival de palavras chulas, que, por diversas vezes, ela própria inventava! Totalmente descrente, continuou tentando mudar o futuro, ingerindo novas ervas. Nada adiantou. E assim, confirmando a previsão da vidente, acabei por vir ao mundo, como um presente, no dia do aniversário de dois anos do meu irmão. Até hoje, ninguém entende como consegui sobreviver.

Nasci no dia cinco de dezembro de 1960, ano do rato no horóscopo chinês, no bairro de Botafogo, na Cidade Maravilhosa. A família conta que as ervas deixaram sequelas, tais como horríveis erupções em minha delicada pele de bebê, o que tornava extremamente difícil as pessoas me aconchegarem no colo. Sobrevivi.

Passei grande parte da infância brincando no Jardim de Alah, na praia do Leblon, e nadando na Lagoa Rodrigo de Freitas que, na época, encontrava-se limpa e habitada por diversos tipos de peixes. Era a nossa piscina. Todos os amigos, que mais tarde se tornaram guarda-vidas, deram suas primeiras braçadas na Lagoa. Adorávamos assistir às competições de remo e torcer. Nem pensava em futebol e já torcia pelo Clube de Regatas do Botafogo, que estava no auge. Nascido no bairro de mesmo nome e influenciado por minha mãe, deixei-me levar pela bela estrela solitária. Era lindo ver os barcos deslizando na água, e nós, na beira da Lagoa, vibrando pelos nossos clubes.

Domingo, pela manhã, mamãe nos obrigava a ir à missa, na Igreja dos Santos Anjos, na importante Avenida Afrânio de Melo Franco, Leblon. Eu não sentia nada de especial nas missas, mas, comportado, obedecia, ao passo que meu irmão vinha para casa reclamando daquela obrigação incompreendida. Um dia, enquanto ele reclamava, já na porta de casa, caiu e fez um rombo no queixo. Mamãe logo emendou com a frase usada pelos pais, quando contrariados e algo dava errado — É castigo!

À tarde, acontecia um programa muito disputado: as sessões de cinema do *drive-in*, aquele cinema ao ar livre que você assiste de dentro do carro. Meu tio Mauriene morava, em um ponto privilegiado da favela, à beira da Lagoa. Ao final das tardes de domingo, a criançada se empoleirava no quintal dele para assistir àquelas encantadoras matinês de desenhos animados da Disney. Não tínhamos o som, mas nem precisava, porque as imagens eram fascinantes e nos faziam entender quase tudo.

A maior parte das crianças ajudava os pais de alguma forma. Eu, com cinco anos, e meu irmão mais velho, em dias de eventos diurnos nos famosos clubes vizinhos, íamos tomar conta dos carros para conseguir alguns trocados. Mamãe também tinha uma pequena plantação de chuchu que, em época de colheita, permitia encher uma bacia de zinco, e eu, aos cinco anos, saía gritando — Olha o "sussu"! Quem vai querer "sussu"? Pronto! Eu virei o Sussu! Até hoje o pessoal da favela só me chama de Sussu.

Algumas vezes ia com um amigo entregar os uniformes dos atletas remadores do Flamengo, que a mãe dele lavava e passava. A primeira vez que entrei no clube, fiquei super impressionado com o tamanho gigantesco dos barcos, remos e com as cores. Aquele exagero de vermelho e preto era muito imponente. Confesso que, naquele momento, meu coração balançou entre a estrela solitária e o urubu... eram as cores que víamos nos despachos da Umbanda colorindo encruzilhadas e portas de cemitérios. Os urubus costumavam se reunir, em bando, e fazer festa com a comida dos despachos. Era uma "urubuzada" que chamava a atenção de quem passava. Por esse motivo, o carioca logo apelidou o time do Flamengo de urubu.

Por falar em Umbanda, o presidente da Associação de Moradores da Ilha das Dragas era um pai de santo muito atuante e respeitado. Organizava mutirões para fazer benfeitorias, na favela, e sempre dava certo, porque os moradores eram muito unidos. Em certa ocasião, houve um incêndio num depósito de colchões, ao lado do nosso barraco, e acordei, na madrugada, com aquela gritaria e todo o mundo ajudando a apagar o fogo. Graças à união de todos, felizmente, ninguém se feriu. Outro episódio que ronda minha memória é a visão do meu pai e meu tio de pá e enxada, nas mãos, trabalhando para colocar água e esgoto na favela. Tudo organizado pelo presidente pai de santo. Foi a única vez que vi meu pai participar de um mutirão. Na favela, tão discriminada, aprendi a ser solidário e ajudar ao próximo.

A vida era um mar de rosas para mim, até que comecei a ouvir falar em remoção e vi uma cena que me marcou, profundamente, para o resto da vida. A primeira grande injustiça que me chocou. Já tinha visto algumas, mas nenhuma delas havia me deixado tão intrigado, como a cena do pai de santo sendo preso. Por quê? Aquele homem tão bom, que só fazia o bem, estava sendo humilhado daquela forma? Passou em frente a nossa casa todo de branco — como sempre — algemado e acompanhado por dois policiais civis. Estávamos em plena ditadura militar. Era o ano de 1968, e ele fora acusado de ser agitador e comunista por incentivar o pessoal a rejeitar a remoção. A gente ainda não tinha certeza, mas pressentia que esse momento estava muito próximo.

Durante os anos 60, houve grandes enchentes, a favela da Praia do Pinto fora tomada por um misterioso incêndio e algumas outras começaram a ser removidas para as Zonas Norte e Oeste da cidade. Até que chegou a nossa vez. Depois da prisão do nosso líder pai de santo, as coisas começaram a dar errado. Parece que todos os santos tramavam contra nós.

Carnaval de 1969. Eu vivia uma cena cinematográfica. Enquanto a mudança das pessoas era colocada no caminhão, pertencente ao Estado do Rio de Janeiro, imediatamente, suas casas eram demolidas. Para as crianças, que não entendiam a dimensão do problema, era até divertido ver aquelas casas caindo em segundos, mas os adultos, entristecidos, choravam. Choravam muito... enquanto tomávamos banho, na cisterna recentemente construída por nossa família, aproveitando os derradeiros momentos de nossas vidas naquele lugar. Ironicamente, a Ilha das Dragas sucumbia à força das dragas.

Lá fomos nós. Deixando a urbanidade da zona sul e seguindo rumo à desconhecida Zona Oeste. O ônibus rodava no máximo a

50 quilômetros por hora, seguindo um trajeto lindíssimo, cheio de ladeiras e curvas acentuadas, passando pela Avenida Marquês de São Vicente, Estrada do Joá, Estrada de Jacarepaguá e, finalmente, a Estrada do Gabinal, que seria meu endereço pelos próximos vinte anos. A viagem levava mais de duas horas transpondo mares, montanhas e florestas. O ônibus sacolejando, e eu vomitando muito durante o trajeto. Chegamos!!!

Quando pisei pela primeira vez na Cidade de Deus, o homem pisava pela primeira vez na lua. Eu vinha do Leblon e fiquei chocado com a dimensão do vazio. Parecia uma cidade fantasma. Pouquíssima gente, muita poeira e muito barro. Eu me senti como aqueles homens do espaço explorando um território inóspito. Pisava no barro, via a poeira fina e vermelha subir... e deixava minha marca no chão. Imaginava-me um astronauta...

Retrocedêramos um século. Víamos, pela primeira vez, carros de boi, cavalos, carroças e pouquíssimos automóveis. Fiquei hipnotizado com a cena de um adolescente munido de uma vara e um chapéu de palha enterrado na cabeça, emitindo sons estranhos e tocando cerca de vinte vacas, que iam largando estrume pelo caminho. O cocô caía no chão, achatava-se parecendo uma *pizza* e deixava subir uma fumaça que vinha do calor das entranhas do animal. Nunca tinha visto uma cena como aquela. Podia sentir até o cheiro da poeira vermelha, misturada ao capim limão e goiabas amadurecendo no pé. Odores estranhos que entraram pela primeira vez em minhas narinas. A poeira do barro tingia toda a paisagem. Até o capim ficava vermelho de poeira. Nós ficávamos vermelhos de poeira.

Dias depois, mamãe nos ensinou a coletar bosta seca das vacas, pela rua, que incendiávamos para espantar os mosquitos que nos devoravam ao cair da tarde. A fumaça tinha o mesmo odor das espirais que eram vendidas por centavos nas mercearias e mercados, mas mamãe era a típica cearense sovina e não ia dar dinheiro numa coisa que a natureza, generosamente, disponibilizava de graça.

Era sempre a mim que ela mandava ir à vacaria comprar leite fresco. Eu adorava ver a ordenha e a fumaça que subia enquanto o líquido quente descia das tetas do animal. Levava uma caneca, e seu Juca permitia que a enchêssemos com o leite transbordando sua espuma e aroma. Nunca tinha vivido essa deliciosa experiência. Mamãe adorava, porque além do leite ser mais saudável, ela ainda aproveitava a espessa nata para fazer a nossa manteiga de cada dia.

Senti que minha mãe gostou de retornar àquela vida bucólica, semelhante a que vivera no campo, como era na sua infância e adolescência. Contudo, na hora de escolhermos o imóvel que gostaríamos de morar, ela queria uma casa, mas o machismo do meu pai, resultante, principalmente, da ordem social percebida em sua geração, prevaleceu e fomos obrigados a morar onde ele quis, num minúsculo apartamento para cinco pessoas.

Cada família, com a devida comprovação de renda, escolheu seu apartamento. Nós ficamos no terceiro andar do bloco 04 com uma bela vista para o casarão do antigo Engenho d'Água, esquina com o rio que outrora movimentara o velho engenho.

Sofremos, durante meses, com a falta de água e luz. Conseguíamos água nos prédios ainda desabitados e, algumas vezes, enfrentando as imensas filas na Gardênia Azul, bairro vizinho que sofria do mesmo mal. Na praça principal da Gardênia, havia um chafariz, como aqueles do Brasil colonial, onde os moradores concentravam dezenas de barris que enchiam com o precioso mineral e rolavam até suas casas.

Luz não existia e as crianças sempre cantavam a música que se tornou muito popular entre os moradores: "Cidade de Deus, cidade de Jesus, de dia falta água e de noite falta luz!"

No verão seguinte, fomos surpreendidos por novos temporais e, ainda despreparados para a vida no campo, passamos por situações inusitadas e aterrorizantes. Aquele barro todo, depois da chuva, virava lama vermelha, grudenta e movediça. Certo dia, quando voltávamos da casa do tio Mauriene, minha mãe, que trazia o caçula no colo, foi afundando e ficou atolada até a cintura numa dessas poças armadilha. Por sorte um senhor que ia passando nos ajudou com um galho de árvore, que ela segurava enquanto ele a puxava. Eu acompanhava apavorado o episódio como num filme de terror.

A vida seguia e, aos poucos, íamos nos adaptando àquela vida bucólica. Contudo, em diversas ocasiões, fomos traídos por nossa urbanidade. Certa vez, seduzido pelo aroma das goiabas maduras no pé, embrenhei-me em um goiabal gigante, numa perseguição implacável aos saborosos frutos e, quando tentei voltar, não achava a saída de maneira alguma. Fiquei preso num labirinto de goiabeiras. Não havia ruído de carros ou pessoas que me pudessem servir de referência. Em função disso, passei várias horas perdido, tendo apenas as goiabas e os passarinhos por companhia. Ao cair da tarde, quando já começava a entrar em pânico, ouvi vozes e comecei a gritar. Felizmente, eram uns moleques conhecidos que me conduziram ao caminho de volta para casa.

Foi na Cidade de Deus que conheci brincadeiras como o jogo de botões, futebol, bola de gude e pipa, essa última meu pai não permitia que soltássemos por entender que fosse uma coisa de vagabundos — obviamente essa regra fora violada com bastante frequência.

Eu não tinha intimidade com o brinquedo, mas quis experimentar. Meu irmão mais velho e eu resolvemos criar uma "super pipa" com mais de um metro. A linha, patrocinada pelo tio Mauriene, era usada pelos pedreiros, na obra, e era muito grossa e pesada. Então, domingo de folga no trabalho, resolvemos colocá-la no alto. Primeiro foi um sacrifício para que ela levantasse voo, em função de seu peso, mas conseguimos. A linha pesava e ficava muito baixa, quase tocando os telhados das casas, mas estava ela no alto, imponente... com toda aquela grandeza. Entretanto, como tamanho não é documento, logo veio uma pipinha, porém cheia de cerol, e nos cortou rapidamente. Morte súbita! A brincadeira durou cinco minutos. Ficamos arrasados com nosso fracasso. Mas eu não desisti. Achei no mato uma pipa enorme e linda! Com linha e rabiola. Completa. Pronta para ir ao céu. Emendei a linha, que já tinha guardada em casa, e coloquei minha nova pipa no alto. Ela era linda e imponente. Comecei a brincar e a riscar o céu intimidando os outros com suas pipas menores.

Pela primeira vez, tive a sensação do poder. Fazia movimentos em direção às outras que saíam, com medo, rapidamente da minha rota. Descia em direção aos meninos e todos saíam apavorados da minha frente. Até que alguém com coragem resolveu me enfrentar no céu. A pipinha veio decidida em minha direção, enquanto as outras aguardavam, recolhidas, os acontecimentos. Rapidamente, a pipinha cruzou sua linha com a minha e cortou-a. Minha pipa grande, linda e imponente foi indo embora com o vento... ficando cada vez mais distante e sumiu... Desisti dessa brincadeira. Para ser sincero, não insisti, porque achei a experiência um pouco monótona. Afinal, eu tinha coisas mais interessantes para fazer na Cidade de Deus.

A brincadeira mais pitoresca era a da caça às rãs, que incluía o trabalho de limpá-las e assá-las. Era uma brincadeira bastante ancestral e começava pela tarefa de construir sua própria ferramenta de "trabalho". Precisávamos conseguir uma vara fina qualquer, amarrar em sua ponta cerca de um metro de *nylon* para pesca, com um alfinete que ia sendo manipulado até chegar ao formato de um anzol, e um pedaço de sebo de carne espetado como isca. Lá íamos nós! Em bando de sete a oito garotos, rumo aos lagos e rios, lançar nossas iscas e fisgar as pequenas presas. Após juntarmos uma boa quantidade delas, partíamos para o ritual coletivo. Ali mesmo, no mato, limpávamos delicadamente as frágeis criaturinhas, acendíamos uma fogueira e as assávamos à moda ancestral, com um graveto atravessando seu miúdo corpo. Ficávamos virando a carne da rã no espeto, ansiosos pelo melhor momento: degustá-las. Enquanto esperávamos, conversávamos sobre assuntos do universo infantil. O ritual acentuava o sabor da carne. Muito bom!!!

Além das rãs, a pesca se repetia nos rios, com os peixes, e, na praia, com os mariscos. Também foi nos laguinhos da Cidade de Deus que aprendi a nadar sozinho. A molecada toda se reunia na beira do lago. Para nós, era melhor do que um clube com piscinas, porque estávamos conectados com a natureza. Nós mesmos criávamos as regras e os mais velhos cuidavam dos mais novos. Nunca houve um caso sequer de afogamento. Mergulhávamos e podíamos utilizar, inicialmente, o nado cachorrinho em que imitávamos os cães ou o nado garrafinha em que íamos, na posição vertical, batendo os pés, no fundo, e os braços batendo ao longo do corpo com o rosto do lado de fora para poder respirar. Essas eram as modalidades de natação que nós, crianças, inventamos. Tínhamos que nadar em linha reta, direto e atravessar o lago todo. A evolução da natação aconteceu na adolescência quando víamos os adultos e os imitávamos.

Aos poucos nos acostumávamos com a vida na roça. E, para além de nos acostumarmos, gostamos. Gostamos daquela proximidade com a natureza exuberante da Zona Oeste.

Lembro-me de belíssimos fins de tarde, de céus coloridos por muitos vermelhos, rosa, lilases, laranja e amarelos, em que saíamos da aula e corríamos para a lagoa. Mergulhávamos em grande farra, muito felizes, junto aos nossos colegas do ensino primário, Linho, Chambinho e Boquinha, que, num futuro bem próximo, se tornariam os chefões do tráfico da quadra 13.

A vida voltara a ser bela...

SUPERMULHERES

Muitos super-heróis habitaram minhas fantasias de criança. Com a mente, ainda bem infantil e sem limites, pensava que precisaria de vários superpoderes para ser invencível. Queria ser invencível! Então cultivava a admiração por vários deles, que me acompanharam durante as leituras de quadrinhos por toda a infância. Queria ser forte como o Hulk, voar e ter uma supervisão como o Super-Homem, conhecer o fundo do mar como o Príncipe Namor e me conectar com os deuses, facilmente, como o Thor. Gostava do Homem-de-Ferro por sua referência aos robôs, mas ficava revoltado porque ele sempre apanhava muito, antes da vitória, e só vivia amassado. Eram os superpoderes que me impressionavam e me levavam para aquele mundo extraordinário da ilusão. O mundo em que podíamos enfrentar gigantes, voar, atravessar oceanos e conversar com os deuses.

Com o tempo, percebi que, na vida real, no planeta Terra, minhas heroínas foram as mulheres. Sempre me senti seguro e confiante no meio delas. Eram elas que estavam por perto nos momentos mais difíceis e importantes de minha vida. Predominaram na escola entre professoras, faxineiras, inspetoras, diretoras, merendeiras. E, nos postos de saúde, as enfermeiras nos acompanhavam, na maior parte do tempo, em meio a curativos e vacinas. A enfermeira chefe parecia um soldado da saúde, firme no propósito de manter o posto médico organizado e em bom funcionamento. Séria e rígida no cumprimento do seu dever, nem seu uniforme se dobrava, pois estava sempre impecável e sem um amarrotado sequer. O que a colocava, na minha cabeça, no patamar dos deuses que nunca falham.

A dentista era uma senhora muito distinta, educadíssima e, aparentemente, rica, pois exalava um perfume delicioso. Tinha uma paciência que ultrapassava os limites de tempo para o tratamento. Sempre muito delicada dizia — Só mais um pouquinho... tá quase acabando... mais um pouquinho... E, com aquela vozinha de anjo, ela me fazia cochilar na cadeira, apesar do barulho do motor que furava meu dente, e conseguia terminar o tratamento. Tudo sem anestesia. Até hoje, adoro ir ao dentista.

Até os doze anos, quando estava abatido, desanimado, febril ou com qualquer comportamento fora do padrão, mamãe me levava à rezadeira. Ela era muito pragmática, então, quando levava um, levava todos os filhos de uma só vez e já ficava todo mundo benzido. Era muito impressionante a maneira com a qual ela, a rezadeira, curava minhas ínguas. Levava-me ao quintal, desenhava o contorno do pé relacionado à virilha da íngua, com uma faca, e, quando levantava o pé do chão, meu pé estava lá, desenhado direitinho com todos os dedos. Então ela começava a riscar, com a faca em cima do desenho para tudo quanto é direção, e a rezar numa linguagem que somente os encantados compreendiam. E não é que a íngua sumia no dia seguinte? Era muito impressionante.

A rezadeira morava na quadra 15, perto da casa de meu tio Mauriene. Era uma casa humilde, com muitos santos da igreja católica por vários cantos da sala de reza que pareciam nos seguir com os olhos, velas acesas e o quintal repleto de plantas medicinais. Interessante é o fato de que mamãe, mesmo sendo católica, acenava com sua ancestralidade indígena em vários momentos. Quando não conseguia resolver algum problema de saúde com suas ervas, levava-nos à rezadeira. Eu adorava! Ela sentava a gente numa cadeira, ia arrastando o peso da idade até o quintal e pegava um galho de arruda ou aroeira. Depois sacudia o galho em volta da gente e começava a rezar bem baixinho, numa língua que só os encantados podiam compreender — ShiuishiuishiuiJesusshiuishiuishiui AveMariashiuishiuishiui Deusshiuishiuishiui...E assim, com aquela voz que ia bem longe para alcançar os ouvidos dos encantados, eu cochilava...entrava em outra dimensão. A rezadeira tem conexão com os deuses, igual ao Thor! Eu pensava enquanto minha mente ia longe.

Aprendi a ler e escrever usando os códigos da língua portuguesa com as super professoras. A que ficou para sempre em minha memória foi a professora Lacy, pois tinha muita paciência e um carinho especial por mim. Eu era bastante levado e brigava todos os dias na saída da escola, sempre com a frase máxima — Vou te pegar na saída! D. Lacy tinha muita calma e, quando eu ficava nervoso para fazer o dever depois da hora, pelo não cumprimento durante a aula, ela me ajudava e explicava, calmamente, o que eu não tinha conseguido realizar. Bagunçava bastante e, ao final da aula, lembrava que tinha pai e mãe.

Ficava nervoso, porque a pressão em casa era grande para respeitar os professores e funcionários da escola. Caso chegassem as queixas, os castigos chegariam à altura da falta cometida. Qualquer reclamação vinda por parte da professora era surra na certa, mas D. Lacy nunca comunicou minhas bagunças aos meus pais e, a partir do momento em que evitou minha difícil situação em casa, contraí uma dívida moral com ela. Não tinha mais coragem de descumprir as tarefas e fui atendendo suas recomendações adquirindo bons modos e me comportando de acordo com as regras da sala de aula, o que favoreceu bastante meus estudos. Eu era bem rústico, e ela compreendeu a situação e me ensinou até a segurar no garfo para comer. Como poderia esquecer a presença marcante de D. Lacy em minha vida? Impossível.

Ampliei minha leitura de mundo com os ensinamentos políticos de minha prima Teté, que me salvaram da caverna escura da ignorância. Quando mamãe confundiu minha mão com a do meu irmão, ao saltar do trem, largando-me para trás, foram as super-mulheres, numa rapidez extraordinária como o The Flash, que me impediram de saltar do trem em movimento para a morte. Nos bailes, eram as garotas que percebiam quando estávamos em situação de perigo e nos ajudavam a desviar das incompreensíveis e violentas brigas. Foi minha namorada Lenilda, com sua visão de raio-x, que abriu uma nova porta e me levou para o movimento social. Movimento social que me tirou da proximidade com a marginalidade e me presenteou com uma profissão. Minha mulher Mônica me ensinou a planejar, voar como o Super-Homem e a enxergar as coisas do alto, ampliando minha visão.

Minha filha Julia me transformou em uma pessoa mais humana, estética, ética, atenta e exigente. Aprendi sobre persistência na conquista da liberdade, com as histórias de minhas vizinhas adolescentes que, em meio às alegres conversas noturnas em frente de casa, por diversas vezes, foram levadas pelos policiais militares para o Departamento de Polícia Ostensiva (DPO). Depois os pais tinham que buscá-las, porque tinham apenas 14 anos. Era o Estado de Sítio com toque de recolher instituído pelo DPO da Cidade de Deus. Mas elas não se submetiam. E, como o Homem-de-Ferro, apanhavam muito, ficavam amassadas, mas continuavam insistindo em ocupar os espaços da favela a hora que lhes aprouvesse.

A remoção embaralhou as favelas e trouxe mulheres de vários bairros para a Cidade de Deus. Uma grande força reunida para desbravar esse território novo e desconhecido. Grandes lideranças chegaram e fizeram um enorme esforço para solucionar os graves problemas, que vieram de carona no caminhão da mudança, e novos militantes se formaram durante as muitas batalhas travadas. Muita gente desempregada.

Em 1966, algumas moradoras fundaram a Associação das Donas de Casa, que oferecia vários cursos para facilitar a empregabilidade das mulheres. Recolhiam uma quantia simbólica e mantinham cursos de alfabetização de adultos, corte e costura, manicure, como também prestavam auxílio, aplicando injeções, levando doentes para o hospital e fazendo enterros. E a mulherada da família Batista não poderia ficar fora de todo esse movimento. Dona Elza Batista ajudou a fundar a Associação e atendeu centenas de pessoas, como a primeira enfermeira popular da CDD, aplicando injeções e fazendo curativos, pois não havia unidade de saúde no local. Recebeu de uma escola de enfermagem uma bela homenagem por seus préstimos.

Grandes guerreiras. É por tudo isso que as admiro e as respeito. É por tudo que elas representam, em nossas vidas, que as adoro.

TEREZITA

Não posso me esquecer de contar sobre aquela mulher, em especial, que me ensinou a lição fundamental: ser forte e corajoso como o Hulk para enfrentar a vida, que é muito difícil.

Minha mãe era uma mulher diferente, fora dos padrões. Nasceu, em 1929, no sertão cearense. Um lugar inóspito que a recebeu de maneira seca. A exemplo da terra, mamãe era uma pessoa, aparentemente, seca e rude, mas era sensível e foi capaz de sacrificar-se, desmedidamente, pela família. A terra ensinou-lhe sobre a dureza do chão da vida, porém também a ensinou sobre esperança e paciência, pois, mesmo aquele chão aparentemente estéril, aquele chão duro, podia oferecer-lhe todas as plantas e ervas medicinais necessárias à sobrevivência e ainda acolher as galinhas, cabras, porcos e vacas.

A história dela já começou de maneira nada usual. A parteira teve muito trabalho, porque, em vez de dar o mergulho para a vida, naturalmente de cabeça, mamãe resolveu surpreender e vir de pé. Já chegou criando reboliço. Quando seu pai foi registrá-la, escolheu o nome Terezinha. Um nome de Santa. E, como já havia batizado inúmeras Terezinhas, o padre local reagiu em seu sotaque espanhol — Mas não é possível! Mais uma Terezinha nesta cidade? Intercedeu, firmemente, para que meu avô mudasse de ideia e sugeriu que colocasse um nome diferente de todos já conhecidos por eles e que, ao mesmo tempo, continuasse fazendo referência à Santa: Terezita. E assim nasceu Terezita. Em Reriutaba, ou traduzindo do tupi para o português, aldeia do povo indígena Reriú. Lugar onde viveu, até os vinte e poucos anos de idade, com os pais e irmãos plantando e compartilhando fartura ou miséria com os animais.

Após muita luta, seu pai conseguiu comprar um sítio afastado do centro de Reriutaba. Terra que todos chamam de Caiçara. A Caiçara é sertão, uma terra seca e pouco fértil. Então, com pouca chuva e pouca fertilidade, criavam-se muitas cabras, porque assim como o sertanejo esses animais são muito fortes e resistentes às intempéries. Na região da Caiçara, o chão estava quase sempre seco, o ar tomado de poeira de terra e o céu apartado das nuvens de chuva. À noite, um céu negro e muito, muito salpicado de estrelas criava uma atmosfera fantástica por ser uma imagem rara. As luzes artificiais, até hoje e cada vez mais imponentes, vão invadindo, expandindo-se para cidadezinhas, vilarejos, levando o "progresso" e apagando as estrelas.

As imensas palmeiras de carnaúba, com suas folhas em leque e caule espinhento, compunham o cenário inóspito, pouco atraente e nada convidativo. Ninguém faz turismo no sertão. A carnaúba era uma grande amiga do sertanejo, porque dela aproveita-se tudo. Com o caule, construíam uma casa para morar. Da palha faziam a esteira para dormir, o chapéu para trabalhar na roça, o uru para guardar ou levar, em cima do jumento, a mercadoria a ser vendida na feira. O fruto servia de alimento. O coquinho escondido, embaixo da polpa, os sertanejos podiam secar, moer e misturar ao pó do café para fazê-lo render em tempos de crise e de seca. E assim, espremendo a natureza e fazendo-a aliada, o sertanejo adiava sua retirada para a cidade grande.

Entre as brincadeiras de cinco Marias, roda, corda, peteca, coelhinho na toca, passa anel, passaraio e outras mais, seu pai ia lhe ensinando os segredos da terra. Ainda criança, meu avô começou a dar-lhe sementes nas mãos para que fosse aprendendo a semear. Grande lição! Aprender a semear em terra seca. Aprender a semear na vida seca e ter esperança... esperar os frutos que a terra devolveria em troca das sementes. E a vida não é mesmo assim? Tem que semear atitudes para colher bons frutos como a esperança. A terra nos ensina, mas tem gente que nunca aprende e quer encontrar tudo pronto sem esforço ou sacrifício. Sem semear.

A família conta que minha mãe foi uma criança muito levada e deu muito trabalho. Correndo, caindo e se levantando pelos matos em meio aos cajás-mirins, juazeiros, angicos, às galinhas, cabras, seriguelas, pitombas e carnaúbas. Mergulhando, abusadamente, nas cacimbas, nos rios São José e Juré, nos quais aprendeu a nadar. Cavalgando, pela imensidão, por dentro da poeira grossa de terra sertaneja. Sacudindo, no ar, folhas de bananeira para abater as formigas voadoras, as tanajuras, com suas bundas enormes, jogá-las na frigideira sobre o fogo, fritar, acrescentar farinha de mandioca e fazer uma deliciosa farofa de formigas.

O sofrimento de tentar tirar alimento de uma terra cansada e sedenta alternava-se com três festas que mobilizavam toda a Reriutaba e arredores. A primeira acontecia em fevereiro, era o Baile da Festa das Moças no clube da cidade. Nesse dia, em vez de os rapazes tirarem as moças para dançar, eram elas que tomavam a iniciativa. Era o dia de subverter a lógica do machismo. O dia em que os homens permitiam que as moças agissem, modernamente, sem serem rotuladas de fáceis, desfrutáveis.

No mês de junho, eram as festas juninas, toda a comunidade se reunia para reverenciar Santo Antônio, São João e São Pedro celebrando de maneira ancestral e pagã, com uma bela fogueira, a boa colheita de milho e a fartura. O milho é a estrela da festa com vários pratos como: pamonha, curau, milho cozido e assado, canjica, cuscuz, pipoca, broas e bolos, alternando os sabores com os coadjuvantes da festa como a macaxeira, mandioca, amendoim, cará, inhame e batata doce. Alimentos com colheitas pela época das festas. Na fogueira, jogavam-se a batata doce e a macaxeira, e, enquanto os sertanejos iam conversando em volta do fogo, aguardavam as iguarias saírem da fogueira, cobertas por uma casca preta. Era uma camada de carvão que, quando rasgada, exibia o tubérculo assado, fumegante que impregnava o ar com seu aroma delicioso.

Tudo enfeitado com muitas bandeirinhas de cores variadas e alegres. A festa, para ser completa, não podia faltar a quadrilha! A dança, trazida dos nobres salões franceses, logo "sertanejou" e veio para a rua. Havia uma competição entre dois grupos formados por casais. Um vestia-se com tecidos xadrezes e o outro paramentava-se com o tecido de algodão muito estampado em cores escandalosas, popularmente, conhecido no Brasil, como chita. Curioso que o tecido, inicialmente vindo da Índia, passou a tipicamente brasileiro e muito utilizado no interior. A chita era o tecido do povo, dos escravizados, dos roceiros, que se transformou num símbolo muito forte da identidade nacional. As roupas para dançar a quadrilha eram confeccionadas, clandestinamente, semanas antes da apresentação, pois cada grupo tratava de surpreender no dia da festa e vencer a competição de dança, julgada pelas pessoas importantes da cidade. Uma brincadeira inesquecível.

Às cinco horas da manhã, do dia 15 de agosto, a cidade inteira acordava com a banda tocando e muitos fogos de artifícios. Era a alvorada. A Igreja de Nossa Senhora do Perpétuo Socorro lembrava o dia da padroeira da cidade, e os sinos convocavam para a missa das oito ou nove horas. Apesar do chamado sineiro não alcançar tanta lonjura, vinham romeiros de muito longe. Chegavam a cavalo, de carroça, de carona de trem, a pé... Todos em busca de bênçãos e esperança de uma vida melhor naquele sertão tão esquecido e árido.

Minha mãe frequentou pouco a escola, mas seu pai, mais preocupado com a educação dos filhos do que o Estado, chamou uma professora para ensinar-lhes a ler e a escrever no sítio da Caiçara. A escola ficava muito longe e assim sobrava mais tempo para dedicarem-se à roça.

Uma vez ao ano, a família toda se reunia, desde a manhã até a noite, para usar a casa de farinha do sítio vizinho e fazer goma de tapioca e farinha. Iam todos de manhãzinha tomar o café da manhã juntos. Era a noite da farinhada. A cantoria ajudava a diminuir o peso do trabalho. Cantando, iam descascando e ralando a mandioca brava do sertão que trazia, em sua natureza, a lembrança da terra de onde havia sido arrancada e domesticada pelos indígenas. Cantando, levavam aquela massa úmida para espremê-la no caititu, a moenda sertaneja nomeada pelos indígenas. Enquanto o caititu apertava a mandioca, o líquido amarelo era recolhido em um pote que assentaria, em seu fundo, o resíduo muito fino que daria origem à goma para fazer a deliciosa tapioca. Por ser venenoso, o líquido amarelo era descartado sobre a terra, longe dos animais.

A massa grossa, presa ao caititu, levavam ao forno para torrar e fazer a farinha. Farinha essa que misturada ao feijão e à carne salvou muitos sertanejos da morte. Alimentação complementada pela rapadura que é o energético do sertão. Em tempos de fartura, eram milho, feijão, mandioca, galinhas, bovinos, suínos, caprinos e a colheita do algodão... Essa era a vida do sertanejo: entre a vida e a morte. Sempre lutando para domar a terra seca e os alimentos selvagens, sempre tentando evitar ou adiar sua retirada para a cidade grande. Ninguém quer ser um retirante.

Reriutaba é terra indígena. A terra de minha mãe é terra indígena. É território dos Reriús que significa rio das ostras. Nômades em seu próprio território devido ao inverno ou à estiagem. Nem polígamos, nem antropófagos, foram guerreiros valentes na luta contra os portugueses. Ocuparam desde as praias do Rio Grande do Norte até os sertões do Piauí e do Ceará. Porém apenas quatro das 15 etnias presentes, no Ceará, conseguiram a demarcação de suas terras. Não temos notícias do povo Reriú, o silêncio predomina. Houve um "desaparecimento" de muitos povos originários, ao longo dos séculos de ocupação europeia. Somente a partir dos anos 80, após muita luta e muito maracá, os indígenas voltaram a ter visibilidade, no Estado do Ceará, rompendo o silêncio secular. E o silenciamento deixou uma lacuna, irreparável, na história do Brasil.

Tenho ascendência indígena, minha tataravó Lucrécia é nossa única referência e elo com os povos originários. A outra parte da história foi apagada, engolida pelas guerras, pelos coronéis, pelas secas... pela cidade grande, pelos temporais dos trópicos, que a levaram pelo caminho das águas. Mas a cultura indígena era muito presente em nossa casa na culinária, no cuidado com as plantas e quando Terezita recorria a seus conhecimentos ancestrais para fazer remédios. Mamãe conhecia muitas ervas, pois tinha aprendido com sua mãe, que aprendeu com sua avó, que aprendeu com sua bisavó, que aprendeu com sua tataravó, que aprendeu com seus ancestrais indígenas, porque o Brasil é terra indígena. O Brasil é Pindorama, a terra das palmeiras. Fomos criados em meio a tapiocas, mandiocas, pipocas, batatas, inhames, carás, milhos, abóboras, amendoins, pimentas, cajás, cajus, jabuticabas, jenipapos, urucuns, goiabas, maracujás, araçás, açaís e muitos outros alimentos de Pindorama que, com o tempo e o contato com outros povos, espalharam-se pelo mundo.

Foi nesse universo tão peculiar e íntimo do sertanejo que minha mãe cresceu. Por volta dos 12 anos, meu avô concedeu-lhe um pedacinho de terra para que iniciasse a própria roça. Assim era a educação para viver no campo. Conforme ela dava conta das tarefas, ele a presenteava com um porquinho... depois uma cabrinha... depois uma vaquinha... desse modo, aprendeu de onde deve vir o sustento: do trabalho. Mamãe tinha muita disposição para a labuta.

Nos anos 50, veio uma seca terrível que iniciou e persistiu enquanto ela vivia seus 18, 19, 20, 21... 22 anos. Resistiu à seca por cinco anos dividindo a água barrenta do fundo da cacimba com os bichos. E resistiria mais se a mulher de um tio, que morava em São Paulo, não lhe enchesse o coração de ilusões. Contou-lhe maravilhas e conseguiu convencê-la a retirar-se para a cidade grande, porque a vida lá era muito melhor. Era o sonho da terra sem males. Ela acreditou. E ela foi.

Foi, mas detestou. Deu-se muito mal com o clima. Saiu do nível do mar, seco e quente do Ceará, para São José dos Campos, úmido e frio a quase 600 metros de altitude. Sua bronquite atacava violentamente. Trabalhava 12 horas por dia, sem folga, sem domingo e sem feriados. Encheu a caixa de correios de meu tio Mauriene com um rio de lamúrias e lágrimas. As cartas chegavam ao Rio de Janeiro, quase que diariamente, pedindo que ele fosse buscá-la. E ele foi.

Ao chegar, nos anos 50, à Cidade Maravilhosa ficou maravilhada e nunca mais foi a lugar algum. Era a capital do país. Achou a Cinelândia lindíssima com seus muitos cinemas exibindo os filmes em estreia. Ficou encantada com a lindeza das praias e montanhas. Paisagens com as quais jamais havia se deparado. Foi amor à primeira vista! Ela e meu pai conheceram-se e casaram-se no Rio de Janeiro, fixando residência, em princípio, na Ilha das Dragas e constituíram família. Mas a vida das trabalhadoras brasileiras nunca é fácil! E para as menos abastadas, levadas a morar na favela, o problema se agrava. O local de moradia lhes torna sempre suspeitas e rejeitadas. Muitas vezes dava-se o endereço de um parente que morasse em outro bairro, para não sofrer discriminação.

Minha mãe não poderia escapar de tais problemas e muito menos da dupla jornada, em casa e no trabalho, que acometem todas as mulheres trabalhadoras, por vezes, faveladas, sobreviventes no cotidiano de um país machista. Lavava, limpava, passava e cozinhava na casa da madame e, quando chegava a casa, lavava, limpava, passava e cozinhava. Com pouquíssima instrução, começou trabalhando como empregada doméstica. Depois conseguiu emprego com carteira assinada em um grande supermercado para atender ao serviço de limpeza... Isso acabou com sua saúde. Por causa dos fortes produtos químicos que foi obrigada a inalar, enquanto fazia seu trabalho, sofreu demais com muitos e graves problemas respiratórios.

Até hoje, as mulheres da favela reivindicam a construção de creches, e, para mamãe poder trabalhar no supermercado, tive que cuidar da minha irmã, de seus quatro aos oito anos, até meus 17 anos. Certa vez, logo no início, quando ela ainda tinha cinco anos, estava no banho me ensaboando e a espuma espessa do sabão de coco, que ocultava minha pele, despertou em minha cabeça, ainda infantil, a ideia de criar um personagem. Esfreguei bastante sabão no corpo e fiquei todo branco. Não satisfeito, para incrementar a fantasia, levantei dois chifres com o cabelo, bem no alto da cabeça, para dar um susto e animar nossa manhã monótona. Saí do banheiro e encontrei-a na porta da cozinha. Quando minha irmã viu aquele fantasma chifrudo mudou de cor, arregalou os olhos e entrou em choque. Depois foi ficando transparente e começou a berrar. Fiquei apavorado e desmanchei a fantasia em segundos a fim de que me reconhecesse. Aos poucos, fomos nos recuperando do susto e nos acalmando. Eu nunca tinha visto uma pessoa mudar de cor e me assustei tanto quanto ela. Criança tomando conta de criança é um perigo para as duas, e era o que muito se via na favela por falta de creches. Crianças cuidando de crianças.

Felizmente foi para a escola, aos seis anos, e eu só tinha que cuidar dela na parte da manhã. Quando chegava o horário, era eu que lhe dava banho, almoço, vestia-lhe o uniforme, penteava seus cabelos e carregava seu material. Deixava-a na pré-escola e seguia para a minha, lugar onde eu permanecia até às dezenove horas. Na volta do trabalho, minha mãe a pegava na saída, por volta das cinco da tarde, seguia para casa, lavava, limpava, cozinhava... Eu sempre via mamãe e minhas tias trabalhando o tempo todo, e só paravam para assistir novela à noite. Naquele tempo, somente as mulheres assistiam à novela e os homens tinham vergonha de se declararem adeptos do programa, considerado feminino. A hora da novela era sagrada para as mulheres. Era o único momento do dia em que a família respeitava seu descanso, como um prêmio, por sua estafante jornada diária.

Considero as mulheres grandes guerreiras! Imprescindíveis. Sempre as vi na luta. Mamãe tinha o diferencial de pertencer à primeira geração de divorciadas nos anos 70. Bastante discriminada, ficou com a responsabilidade de sustentar, terminar de criar e educar os quatro filhos sozinha. Meu pai era totalmente ausente e não foi fácil manter três rapazes pobres, longe da marginalidade. Mas ela conseguiu e somos todos trabalhadores honestos.

Minha irmã, a partir dos oito anos, passou algum tempo sendo cuidada por nossa tia. Essa mudança de rotina me deu maior tranquilidade para estudar, e nossa mãe seguiu trabalhando fora de casa.

Só vi minha mãe chorar uma vez, e foi por causa de uma briga com meu pai. Fiquei estarrecido... pensando no que a teria abatido, a ponto de fazer verter-lhe lágrimas. Até hoje não tenho a resposta. Ela, que parecia feita de pedra, ou melhor, do barro seco e duro do sertão nordestino, se rendeu aos sentimentos mais profundos e recônditos. A tristeza amoleceu o barro e ela se desmanchou em lágrimas sentidas, vindas como um rio com sua correnteza que sai arrastando tudo que vê pela frente e ninguém consegue segurar.

Era mais inteligente que todos os homens da família. Tinha uma veia de negociante típica dos cearenses. Mesmo constantemente desestimulada e brecada pelos homens da família, tentou investir em várias frentes que, mais tarde, prosperaram nas mãos de outras pessoas.

E assim... minha mãe se fez Terezita, guerreira, indígena, brasileira, nordestina, sertaneja, retirante da terra que nunca mais a viu. Terezita... sempre com saudades.

TIO MAURIENE

Da família do meu pai, conheci somente uma tia e sua filha. Nunca vi e nem sei o nome de meus avós. Talvez, por essa ausência, por esse motivo, papai fosse muito distante da família. Quem preencheu tal vazio foi meu tio Mauriene, irmão mais novo de mamãe e muito amigo dela. Desde a Ilha das Dragas, onde foram vizinhos, eram tão unidos que, quando a mulher dele, a tia Helena, conheceu titio, pensou que eles fossem casados porque só andavam juntos. Trabalhou como contrarregra na TV Rio, TV Excelsior e TV Globo enquanto vivemos na zona sul.

Quando ainda morávamos na Lagoa, tio Mauriene nos ensinou a pegar jacaré, mesmo sem sabermos nadar. Algo que me desperta curiosidade até hoje é o fato de ele ter sido um exímio praticante do esporte, mesmo vindo adulto, de um lugar, no Ceará, que era seco e muito distante de qualquer praia do Brasil. Titio gostava muito de esporte e me influenciou bastante nesse aspecto. Eu tinha cinco anos e meu irmão Hilton, sete quando aconteceu nosso "batismo" na praia do Leblon. Seu método de iniciação era deveras peculiar. Colocava-nos em seus ombros e depois nos jogava sobre as ondas no meio da arrebentação. Dessa maneira, percebíamos a onda nos impulsionando e a intensidade de sua força de acordo com a maré. Era uma das melhores diversões e adorávamos. Assim fomos ficando íntimos do mar. Depois nos presenteou com uma prancha de isopor e ficamos cada vez mais abusados.

Até que um dia consegui quebrar a prancha ao meio na descida de uma onda. Depois disso, eu me apoderei de um pedaço e meu irmão do outro. Não era um problema, porque a gente queria era pegar onda não importava como. Depois sumimos com uma das partes e, às vezes, nós dois surfávamos juntos naquela metade de prancha. Aproveitamos a pranchinha até seu último pedaço de isopor, quando em uma dessas descidas, caímos numa correnteza que foi nos levando para longe da orla. Meu irmão conseguiu sair, mas eu não. Fui sendo puxado, tragado pelo mar sem o menor controle da situação. Via a praia ficando cada vez menor e minha mãe distraída com nosso irmão mais novo, que tinha somente um ano. Sem entendimento do risco da situação, tentava imaginar para onde o mar me levaria. E, enquanto eu me perdia no mundo da imaginação, alguém do mundo real ou espiritual resolveu intervir. Repentinamente, senti a mão desconhecida e invisível do guarda-vidas me puxando e me colocando na areia. Foi por pouco...

Titio sempre nos presenteava com objetos usados na TV e que não mais teriam utilidade. Os presentes, normalmente, eram nossos brinquedos preferidos. Luvas de boxe, para nos digladiarmos e aprendermos a lutar. Deu-nos uma cartucheira, com um par de revólveres e espoletas, para atormentarmos minha mãe e a vizinhança com a barulheira. Depois veio com uma espingarda de ar comprimido com balas forradas de borracha como proteção contra acidentes. Mesmo assim, na hora de experimentar, minha mãe ainda levou um tiro no pé. Deu-nos também patins que, mais tarde, transformei em *skate*. Porém a melhor coisa que ele nos deu foi uma bicicleta pequenininha que não tinha banco, o pedal só se movimentava para frente e nem tinha freio. Titio fez logo um banco de madeira e aprendemos que o freio seria o nosso pé. Ainda, na Lagoa, descíamos, sem freio e sem noção de perigo, a pequena ladeira da nossa favela.

No dia em que ganhamos a bicicleta, aconteceu um fato inusitado e muito curioso. Somente meu irmão sabia pedalar, e eu fiquei só observando, chateado. Ele se divertiu o dia inteiro. Podia ver, nitidamente, a felicidade estampada em seu rosto. Fui dormir pensando que eu precisava aprender logo a dominar o brinquedo, porque era muito divertido. Naquela mesma noite, tive um sonho lindo! Sonhei que saía andando de bicicleta alegremente. Acordei feliz e, no dia seguinte, para surpresa de todos, inclusive minha, montei na bicicleta e saí andando como em meu sonho. Sonhos podem se realizar mesmo! Inacreditável! Meu primeiro sonho realizado!

Antes de experimentar a sensação de ter uma bicicleta, ela já exercia um fascínio sobre mim. O padeiro passava todas as manhãs e, à tarde, em uma bicicleta com um cesto bem grande e cheio de pães. Achava o movimento das rodas hipnotizante e um dia quis experimentar o que aconteceria se a roda fosse paralisada repentinamente. Por volta dos meus quatro anos, enquanto o pobre homem pedalava e vendia seus pães na rua, enfiei um pedaço de madeira na roda dianteira da bicicleta. Foi pão voando para tudo quanto é lado! O homem caiu, machucou-se, e eu também. Eram ele e minha mãe brigando comigo, e eu chorando. Demos muito trabalho à mamãe...

Titio era um dos poucos que tinha televisão na Ilha das Dragas, e todo mundo ia ver os seriados Perdidos no Espaço e Viagem ao Fundo do Mar na casa dele. Ia a criançada toda. Era nosso cinema. Que alegria!

A casa do meu tio também era uma fazendinha para nós. Ele criava porcos, patos, rolinha e codorna. Ainda tinha um papagaio que falava pelos cotovelos. Ao lado do chiqueiro, nas águas ainda límpidas da Lagoa Rodrigo de Freitas, pescávamos com uma varinha, nylon e anzol fornecidos por ele, Titio. A isca eram as minhocas que pegávamos revirando a terra. Muito fácil pescar na Lagoa. Era só jogar o anzol na água e, no mesmo instante, lá vinham caraúnas e tainhas. Eu e meu irmão, por diversas vezes, íamos com ele e um carrinho de rolimã buscar restos de comida, nos restaurantes chiques da Lagoa, para alimentar os porcos. Meu irmão sempre resmungava indignado -Esses porcos comem melhor que a gente!

De vez em quando, eu via Titio chegando à favela com chapéu de vaqueiro nordestino e peixeira, pendurada na cintura, que ia até o chão. Cercado por quatro ou cinco jovens, vinha ele com muitos metros de corda enrolados nos braços e muitas jacas. Chegavam do Jardim Botânico, que, nos anos 60, permitia às pessoas entrarem para pegar as enormes frutas abundantes e incômodas. Quando o perfume das jacas invadia a favela, era a maior alegria para a criançada que corria em sua direção na busca pela doçura de seus gomos.

A jaca foi trazida da Índia para o Brasil pelos portugueses para ajudar na alimentação dos escravizados, durante o período colonial, e foi muito bem aceita pelo solo brasileiro. O fato de ser uma planta exótica tornou-se um problema para a Mata Atlântica e para o Jardim Botânico do Rio de Janeiro, porque nada em volta da jaqueira cresce. Os frutos são grandes demais, doces e, quando despencam dos galhos, são um perigo... e vão se acumulando no chão umas sobre as outras... e se esparramando com as sementes pelo solo... apodrecendo... exalando um cheiro bem desagradável e atraindo muitos insetos.

A vida inteira, praticamente, todo fim de semana tinha forró na casa dele porque Titio adorava dançar. Muitas vezes, iam até músicos profissionais para tocar. Lembro-me bem, quando ainda morávamos na Ilha das Dragas, do povo todo dançando naquele salão e arrastando o pé sobre o mosaico lindo e hipnotizante, feito por ele, com pedaços de pedra que ganhou não sei de quem. Era um grande e alegre arrasta-pé. Ele financiava tudo e, às vezes, matava um porco para fazer um banquete. Titio estava sempre associado à fartura.

Quando nos removeram para a Cidade de Deus, meu tio recebeu uma indenização do trabalho e investiu na primeira loja de materiais de construção da favela. Passou a morar um pouco mais distante. Ficamos nos apartamentos, e ele foi para a Quadra 15, a mais ou menos um quilômetro de nós. Meus irmãos trabalharam na loja dele até servirem no Exército com 18 anos. Eu, o mais inquieto e rebelde, fui o único que me aventurei na vida de mascate, aos 14 anos, e não servi nas Forças Armadas. Já estava na fila, de cabeça raspada, para pegar o uniforme e não tinha escolha, porque o serviço militar é obrigatório. Estava quase colocando a mão na farda, quando o comandante chegou com a notícia que 19 rapazes seriam dispensados. Quem não gostaria de integrar as Forças Armadas? Perguntou ele, interrompendo o processo. Fui o primeiro a levantar o dedo. Escapei por um triz.

Meu irmão mais velho ainda trabalhou muitos anos na loja de Titio e por lá aprendeu a dirigir. Primeiro tinha que conduzir uma carroça e, depois, veio o caminhão. Fazia as entregas sem domínio da direção. Ia entregando materiais de construção e derrubando os muros da Cidade de Deus com sua imperícia de principiante. Ele derrubava, e Titio consertava. Dessa maneira, meu irmão aprendeu a dirigir o caminhão da loja, aperfeiçoou seu ofício e foi um motorista profissional, muito especializado, com carteira "E", dirigindo qualquer tipo de veículo terrestre. Ele era muito engraçado, inteligente e apaixonado por seu ofício. Caminhoneiro, com muito orgulho de ter chegado ao último posto de sua profissão, até falecer durante a pandemia de COVID-19 em 2021.

Aos domingos, meu tio fazia questão de servir um galo no almoço. E, quando eu tinha uns 13 anos, tive que encarar um ritual de passagem promovido por ele para crescermos fortes, saudáveis e viris. Titio e mamãe sacrificaram o galo, e ele me fez engolir o testículo do bicho assim que fora retirado do pobrezinho do animal. Só senti aquela bola grande e insípida descendo fácil pela garganta. Não teve jeito, tive que engolir. Titio marcou nossas vidas definitivamente.

Mamãe e ele tinham um contato sempre muito próximo, o que nos permitiu um convívio permanente com visitas, churrascos e muito forró. Eles eram muito amigos, desde sempre, e terminaram seus dias na Cidade de Deus. Titio faleceu em abril de 2007, e mamãe em agosto do mesmo ano. Os dois continuam juntos, na mesma sepultura, no Cemitério Jardim da Saudade. Saudades...

ADOLESCÊNCIA A CAMINHO

Tinha uns 12 anos e brincava feliz, embaixo do prédio, quando vi dois grandalhões descendo a Gabinal se digladiando entre paus, pedras, socos e chutes. Era a luta entre o careca e o cabeludo. O careca era o "Careca", e o cabeludo era o "Cabeludo". Ambos moravam na Cidade de Deus e estudavam em escola particular, porque seus pais acreditavam que, dessa maneira, estariam livres de influências negativas. Não queriam que os filhos frequentassem a escola na favela e se misturassem com os pobres. Mas parece que a estratégia deu errado e eles aprenderam aqueles modos horríveis em outro lugar. Pareciam dois cachorros loucos! Imagine que a briga passou por mim e continuou Cidade de Deus adentro. Só me lembro do cabelão do Cabeludo voando. Ele lembrava nossos ídolos do rock com seu cabelo bem liso até a cintura. Quando mais velho, fazia a linha *bad boy*, mal-encarado, brigão, maconheiro e já fazia pequenos furtos. Alguns anos após aquela luta de Titãs, eu e Cabeludo tivemos um encontro bem desagradável.

Em uma de minhas andanças pela CDD, avistei belos maracujás avançando por sobre o muro de uma casa e atravessando o meu caminho. Não dava para ignorá-los. Achei estranho estarem ali, lindos e intactos. Era muita sorte ninguém ter tido a ideia antes de mim e, num impulso, resolvi pegá-los. Quando peguei o primeiro, o pessoal da vizinhança já alarmou e começou a gritar — Aí! Roubando maracujá! Saí correndo com um único fruto na mão. Na favela, é assim: ninguém consegue fazer qualquer coisa incognitamente, tem sempre alguém te vendo.

Apesar da gritaria sobre meu pequeno furto, o dia transcorreu bem. Ninguém fez queixa aos meus pais e fui para a escola em paz. Entretanto, à tardinha, começou meu filme de terror. Estava eu no último tempo de aula, quando ouvi aquele "toc-toc" na janela da sala, olhei para o lado e me espantei com aquele cabeludo "mal-encarado" dizendo que ia me pegar lá fora. Não entendi o porquê, contudo entrei em pânico! Não consegui mais me concentrar na aula e comecei a pensar nas alternativas de fuga: "pulo o muro? Vou à diretoria da escola? Chamo a polícia?" Huuuum... resolvi refletir melhor... "Não estou devendo nada. Além do mais, se eu escapar hoje, amanhã ele pode voltar com mais raiva". Resolvi encarar o problema. Pela primeira vez, na vida, não queria que a aula terminasse.

Tocou o sinal. Meu coração disparou junto com a campainha. Bem lentamente fui arrumando minhas coisas e pensando em como retardar aquele terrível encontro. Mas não tinha jeito e tive que sair da sala de aula. Não podia ficar ali para sempre. Já estava escuro, pois a escola funcionava em três turnos, e eu saía às sete da noite, o que era mais apavorante. Lá fui eu em direção ao meu algoz — Aí, moleque, estava roubando os maracujás da minha casa, né? E, enquanto dava tapinhas no meu rosto, dizia — Só vou te aliviar porque teu pai é amigo do meu, mas da próxima vez vou te quebrar, hein? Obviamente, nunca houve a "próxima vez". Depois disso, ele passou a frequentar a porta da escola em que eu estudava e, certo dia, curioso, observei-o dando instruções ao pessoal de como se apertava um baseado. Cabeludo simulava a ação usando folha de caderno e capim.

Era um cara bonito e tinha muitas mulheres, uma delas era a Patrícia, nossa companheira de baile. Muito cobiçada, na favela, estava sempre na casa da Baixinha, também frequentada por nós. Patrícia era apaixonada por ele, mas como não era a única, também dava mole para seu vizinho, Tiago. Houve até um episódio engraçado em que o Cabeludo, munido de uma garrucha velha pouco possante, tentou atirar no rival. Como os tiros só alcançavam alguns poucos metros, Tiago, espertamente, cuidava de ficar a uma distância em que não poderia ser alcançado pelas balas. Corria em volta do clube debochando da cara do outro — Vem me matar! Hahahahaha! Até que as balas acabaram. Tiago não era bandido, mas era metido a tal e, mais tarde, acabou levando um tiro na boca. De forma inacreditável, a dentadura salvou-lhe a vida.

Cabeludo se aprimorava na vida do crime e já arriscava assaltos de maior porte. Contudo aconteceu um fato que contribuiu para sua decadência. Ele teve uma discórdia com um parceiro e o caguetou para a polícia. O cara foi preso, mas seu sentimento de vingança foi mais forte que as grades da cela, e ele fugiu de lá só para matar o traidor. Descarregou o "três oitão" em cima dele e se deixou prender outra vez. Já estava na merda mesmo! Surpreendentemente, Cabeludo não morreu, ficou muito tempo no hospital e voltou de cabelo curto, magro, feio e paraplégico. Agora, como um bandido cadeirante, restaram-lhe poucas alternativas e escolheu traficar.

Ele escolheu traficar, entretanto contrariou o fundamento máximo e básico que norteia o trabalho de qualquer bom comerciante de drogas: nunca consumir, descontroladamente, o produto que comercializa. Ele consumia mais do que vendia. Acabou muito doente e morreu ninguém sabe de quê. Na favela, quando o povo não sabe a causa da morte de uma pessoa, diz que morreu de "ziquezira". Cabeludo morreu de ziquezira. Era a própria visão da decadência. Para ele o crime não compensou...

LIBERDADE SOBRE QUATRO RODINHAS

Com a ampliação da construção de novas moradias na CDD, passamos a dividir o espaço com um grande canteiro de obras. E, como brinquedos industrializados eram artigos de luxo em minha realidade, aproveitava as sobras de materiais desprezados pelos peões da construção civil para confeccionar meus próprios brinquedos.

Até os meus 14 anos, gostava de construir carrinhos de rolimã. Comecei com algumas rodas que encontrei nas coisas de papai e sobras de madeira das obras. Dispunha somente de duas ferramentas: um serrote e um martelo. Martelava, serrava e lixava tudo no corredor do prédio. Confeccionava-os com o maior capricho e cada vez me aprimorava mais. O último que construí tinha acento acolchoado e freio para poder dar cavalo de pau. Era divertido, mas grande demais para guardar dentro de nosso pequeno apartamento e dependia sempre de alguém para empurrar, porque a CDD não tinha ladeiras. Sempre gostei de independência e precisar de alguém para me empurrar era uma coisa bastante incômoda.

Um dia vi Fininho e Nonô descendo a única ladeira próxima à CDD e localizada em frente ao prédio em que eu morava. A ladeira a que me refiro é a Estrada do Gabinal, única asfaltada, na época, por ser importante via de acesso a outros bairros.

Os dois já eram muito bons nas manobras e deslizavam sobre suas rodas, sem camisa e descalços. Tive a sensação de que aquilo era a liberdade e as rodinhas me levariam onde eu quisesse. Larguei o carrinho de rolimã e aderi ao *skate*. Era fácil de carregar, guardar e não precisava de alguém para empurrar. Aquilo me fascinou.

As coisas imprescindíveis, para se construir um *skate*, eram um pé de patins e madeira. Logo comecei a desmontar os velhos patins usados e inúteis, que meu tio havia me dado, e consegui um pedaço de tábua na obra. Serrava e lixava, cuidadosamente, boleando suas bordas e tentando me aproximar ao máximo de um *shape* original. Uma vez construído, o desafio era aprender a me equilibrar e fazer as manobras. Comecei no corredor do meu prédio, onde poderia ter o apoio das paredes, até me sentir seguro. Como é típico, na adolescência, era destemido por não ter a clara noção de perigo. Imitando meus mestres, fui disputar com os carros naquela única ladeira perto de casa correndo grande risco.

Nas primeiras tentativas, ainda sem dominar o esporte, um carro despedaçou meu *skate* todo. Perdi. Não desisti. Construí o segundo, que dessa vez foi destruído por meu pai após a reclamação de uma vizinha sobre as "skatadas" em sua porta.

Gastei meu par de patins e continuava sem meu objeto de desejo. Agora precisava negociar com meu irmão mais velho que também ganhara um e não patinava. Foi fácil porque esse meu irmão sempre foi desapegado das coisas materiais. Consegui, então, construir meu terceiro *skate*. Finalmente aprendi a andar. Conseguira dominar os movimentos e praticava tanto que fiz um buraco na sola do pé por não usar calçado ao impulsionar o *skate*. Em pouco tempo, despertei a atenção dos vizinhos com o novo esporte. Até mamãe ficava, na janela, admirando minhas manobras.

Já era skatista quando travei o primeiro diálogo com Nonô e Fininho. Eles estavam na quadra da escola quando me aproximei e fiquei observando o *Torlay* deles, que eu considerava o melhor *skate* da época. Fazia os meus com rodas de patins, que eram duras e barulhentas, e estava ali deslumbrado com suas manobras. Eles eram muito bons! Fininho me perguntou — Aí, moleque, sabe andar? — Sei. — Sabe mesmo? Então anda aí que eu quero ver. Comecei a me enturmar. Meus olhos faiscavam enquanto pegava naquele *skate* maravilhoso. Deslizei levemente em boas manobras, impressionando os novos visitantes da quadra que acabara de ser construída na escola. A partir daí, toda vez que apareciam por lá para ver as garotas, dividíamos o *Torlay* e nos divertíamos juntos. Nascia uma nova amizade selada pelo esporte.

Além de ótimo skatista, Fininho também se aventurava no mundo do crime. Um dia foi assaltar uma loja na Freguesia e a polícia deu um flagrante nele e no seu comparsa. Como era de se esperar, enfiaram os dois no camburão. Fininho percebeu que o cadeado da porta estava frouxo e começou a chutar até que conseguiu arrebentá-lo. Esperou o momento ideal e, quando passavam na beira do rio em direção ao DPO da Cidade de Deus, não teve dúvida, pulou e correu pelas margens para dentro da favela. Os policiais saíram atirando em cima, mas não conseguiram acertar. Nessa época, Fininho ainda não era conhecido pela polícia, pois sua vida de ladrão estava começando. Trabalhou em vários lugares, mas não fez carreira a não ser no crime.

Trabalhou comigo em um grande supermercado e, em certa ocasião, enquanto me preparava para sair no andar de cima da loja, ele, embaixo, no setor de produtos alimentícios, reclamava — Olha aí, Sussu, estão me esfolando aqui! Tô trabalhando mais de doze horas por dia, olha como tô magro! E me mostrava a calça caindo de frouxa. Enquanto conversávamos, Fininho passou a mão numa barra de chocolate de um quilo e lançou em cima de mim. Por reflexo, segurei. Hoje percebo que tem coisas que a vida te impõe, e você acaba dominado pelo efeito surpresa. Mais tarde, passaria por uma experiência semelhante que me custaria esse emprego.

Minha função era fiscalizar as mercadorias que saíam da loja e fui surpreendido por um colega de trabalho que comprara alguns produtos e tentava roubar uma batedeira, driblando a fiscalização e passando-a em meio às compras pagas. Meu trabalho era conferir as mercadorias que estavam registradas na nota e as levadas pelo cliente. A batedeira não estava registrada. Eu argumentava — Vai "sujar", cara! Ele vivia atrasado para pegar o ônibus — Me libera aí, Sussu! Tô atrasado! Vou perder meu ônibus! E, devido à lei do silêncio que impera na favela, não tive como resistir à pressão, liberei e não o denunciei. Até porque antes de mim, ele havia passado pelo caixa e pela ajudante que deveriam tê-lo barrado e não o fizeram. No final do expediente, o subgerente me demitiu. Alguns meses mais tarde, Fininho veio me contar que esse mesmo subgerente teria sido demitido por desviar caminhões de mercadorias da loja. Aquela foi minha primeira aula prática sobre hipocrisia.

Fininho continuava investindo na vida do crime. Certa vez, um grupo de extermínio o capturou, bem como o seu parceiro. Levaram os dois lá para os confins da Estrada do Catonho. Um lugar muito utilizado para a prática de execuções, na época, por ser bastante rural e ermo. Quando estavam prestes a serem executados, Fininho, no ímpeto da falta de alternativas, saiu correndo por dentro do mato em zigue-zague. Ainda tomou um tiro na bunda, mas conseguiu fugir. Enquanto isso, seu parceiro aproveitou a distração dos executores e escafedeu-se também. Milagres acontecem!

Em certa ocasião, Fininho cismou de apostar corrida de bicicleta comigo, pois se gabava de ter sido corredor de elite no quartel. Eu, que usava mais a bicicleta que minhas próprias pernas, no início, fiquei um pouco receoso, porque quem perdesse doaria sua *bike* para o vencedor. Valdir e Nem deram a partida — Um, dois, três e já! Lá fomos nós! Dois alucinados pela rua em direção à Barra da Tijuca. Tínhamos que passar pela segunda ponte da Avenida Ayrton Senna, dar a volta e chegar à praça central da Cidade de Deus. Peguei um vácuo do ônibus e fui embora. Pedalei com todo o empenho do mundo, pois não queria perder minha bicicleta. Ele nem passou pela primeira ponte e sumiu. — Ué...o que aconteceu? Onde esse cara se meteu? Fomos procurá-lo em sua casa. — Fininho! Ô, Fininho!!! Ele aparece na janela e grita — Desisti, porra! Não dá para competir com o Sussu porque esse cara tem um motor na bunda! Pergunte se ele me deu a bicicleta dele. Claro que não. Pergunte se eu cobrei. Claro que não! Fiquei satisfeito por ter ganhado a competição.

Numa de nossas rodas de maconha, antes do baile, Fininho apareceu com uma namorada. Ela também era bandida. Fazia alguns roubos em lojas de roupas. Furtava boas peças e vendia na favela por um preço justo. Preta, cabelos curtinhos e alisados, baixinha, bonita e gostosinha, só andava de bermuda feminina e tamancos altos para esconder sua baixa estatura. Sempre sorrindo, muito falante, não fazia cerimônia ao se intrometer nas conversas masculinas. Era a única mulher nas nossas rodas. Era uma mulher independente, altiva, determinada, muito empoderada e que, por sua atitude firme, metia medo nos homens. Ela era bem diferente das mulheres que eu conhecia. Confesso que apesar de nutrir uma admiração por sua força e perceber que rolava um sentimento especial entre nós, por seus olhares compridos e demorados sobre mim, nunca me atrevi a investir em qualquer tipo de relacionamento com ela. Jamais poderia me envolver com a mulher de um amigo, pois seria imperdoável.

Certa vez, a caminho da escola em que cursava o Ensino Médio, no bairro de Madureira, ao atravessar o viaduto, bem no meio do caminho, no ponto mais alto, naquela barulheira do vai e vem de carros e trens, nós nos encontramos e ela disparou, feliz, aquele sorriso largo — Pô, a gente vive se esbarrando, né, Sussu? Lançou-me aquele olhar convidativo, esperando alguma reação positiva diante da situação que favorecia uma dupla traição, já que nos encontrávamos bem distantes dos olhares conhecidos da Cidade de Deus. Conversamos alguns minutos, enquanto eu pensava num meio de fugir à tentação — Vou ter que ir, tô atrasado pra a aula. Trocamos um abraço carinhoso, dois beijos no rosto e nos despedimos. Nunca mais a vi. Depois soube que foi assassinada num desentendimento com seus desafetos, próximo à quadra da escola de samba Acadêmicos da Cidade de Deus.

Incrivelmente Fininho nunca fora preso. Não pertencia a qualquer bando. Era independente. Na época da guerra entre Mané Galinha e Zé Pequeno, ele saiu da CDD. Foi para o exílio, e passei muito tempo sem notícias.

Anos depois, soube que foi fazer um roubo e deu errado. Na fuga, ele pulou um daqueles muros em que as pessoas, na falta de uma cerca elétrica, cimentam cacos de vidro em cima a fim de proteger suas casas dos ladrões. O vidro cumpriu sua função e cortou o pulso de Fininho. Como não podia sair do esconderijo e não conseguiu socorro a tempo, acabou morrendo à míngua. Que lástima... lá se foi um grande skatista.

O RIO DE JANEIRO SEM PRAIA

Aos 12 anos, encarei meu primeiro emprego na loja de materiais de construção do meu tio Mauriene, porque essa era nossa porta de entrada para o mundo do trabalho formal. E, nos momentos de maior movimento, íamos ajudá-lo em troca de alguma remuneração. Isso acontecia geralmente nos fins de semana ou fim de ano. Inicialmente, ele nos deixava no balcão para ver o funcionamento e atender aos clientes, mas, na primeira oportunidade, passávamos a fazer as entregas de materiais com um velho triciclo. Fiquei lá por mais ou menos um ano e aprendi muito.

Na minha família, a maior preocupação era que não fôssemos vagabundos e só se falava em trabalho. Ainda com meus doze anos, fui passar férias de verão na casa de minha tia em Bangu, um dos bairros mais quentes da cidade. A temperatura ia aos 40° C à sombra. Antes das seis horas da manhã, com o punho cerrado, meu tio batia três vezes na parede do quarto ao lado de onde dormíamos eu e meu primo que, a essa altura, tinha quatorze anos. Acordávamos sobressaltados! Às sete horas, tínhamos que abrir sua loja de conserto e acessórios para eletrodomésticos em Campo Grande. Na minha família, férias escolares eram sinônimo de trabalho.

Havia uma falta de carne terrível nessa época, e titio conseguiu cinco quilos com um amigo açougueiro. Então ele me mandou sair mais cedo do trabalho e levar a valiosa carne para que minha tia pudesse adiantar o jantar. Sempre retornávamos de carro para casa, e voltar de ônibus, pela primeira vez, seria uma grande aventura. Entrei no coletivo e a massa de trabalhadores, que foi entrando ao longo do percurso, começou a encobrir minha visão atenta ao único ponto de referência que eu conhecia: um motel à beira da Avenida Brasil. Com 12 anos, eu ainda tinha a estatura de uma criança, e de repente me vi cercado de adultos bem mais altos e corpulentos que iam me espremendo enquanto o ônibus lotava.

Começou a escurecer e tive a ideia de perguntar se já havíamos passado pelo motel. — Há muito tempo — respondeu uma senhora. Saí abrindo espaço entre as pessoas desesperadamente. Morava muito longe e não tinha intimidade com o bairro. Saltei na escuridão, morrendo de medo do desconhecido, e voltei uns cinco quilômetros a pé, até chegar à casa de titia. Estavam todos em pânico com o meu sumiço! Podiam ter me sequestrado para roubar a carne que era artigo raro. Afinal o jantar atrasou horas!

Esse meu tio de Bangu era muito austero e ficava sempre chateado comigo, pois achava que eu fazia tudo errado. Então decidi provar minha competência e pegar uma panela de pressão para consertar na oficina. Dediquei-me ao máximo, passei a tarde toda martelando o alumínio, acreditando que dessa vez ouviria elogios pelo meu empenho. Que nada! O utensílio estava no lugar errado, entre aqueles que merecem conserto, mas acontece que meu tio já havia decretado o fim de carreira da velha panela. Todo orgulhoso, exibia minha competência — Olha tio, consegui recuperá-la e voltou a funcionar. Pronto! Levei a maior bronca! Ele me olhou com a cara da raiva. Tantos mestres no ofício tentaram e não conseguiram, enquanto eu, um moleque de 12 anos, resolvi o problema, desmoralizando a competência de todos eles.

Por fim, ocorreu um episódio que contribuiu firmemente para minha família colar o rótulo de imprestável na minha embalagem aos 12 anos. Aconteceu um almoço de família em que me deram uma caixinha preta em mãos, pediram-me para colocar o olho num vidrinho e ver a imagem através dele. Depois recomendaram que apontasse como uma arma, enquadrasse as pessoas dentro do retângulo e apertasse um botão. Eu nunca tinha segurado aquela caixa, mas já tinha visto em filmes e nas mãos de gente rica. Foi a primeira vez que peguei numa câmera fotográfica. Fiquei feliz por participar daquele momento digno de um registro tão raro e poder contribuir com a memória da família. Entretanto se esqueceram de me dizer que, enquanto apertava o tal botão, eu deveria manter a mão firme. Foi o que não fiz, e as fotos saíram todas tremidas: foram direto para o lixo.

Pronto! Mais uma bronca. Mais uma vez, decepcionei minha família. Acho que não preciso dizer que essas foram minhas únicas e últimas férias de verão em Bangu. Mas devo dizer que essa experiência com a câmera fotográfica despertou em mim a curiosidade e a necessidade de desvendar seus mistérios. A partir de então, comecei a prestar mais atenção naquele objeto que passou a ser alvo de meu desejo.

Com a fotografia ainda distante da minha vida profissional, deparei-me com um dos meus maiores desafios aos 14 anos. Resolvi enfrentar a timidez e a dislalia, arriscando-me como mascate, vendendo "bugigangas" de porta em porta no subúrbio carioca. Meu vizinho estava procurando emprego e nos contou entusiasmado que tinha conseguido um trabalho de vendedor. Estava satisfeito porque o dinheiro era certo. Trabalhou, ganhou, na hora, a diária de 30% do que vendia. Eu, que já tinha abandonado a loja do Tio Mauriene por ser um trabalho muito pesado, logo me animei e me ofereci para ser apresentado ao chefe dele. Ele, então, levou-me num dia de pouco movimento, para fazer uma experiência.

O escritório era uma porta ínfima no bairro do Méier que só cabia o dono do negócio, seu ajudante e as mercadorias. Ele se apresentava de maneira bastante informal, dentro da camiseta regata, da bermuda jeans surrada e dos chinelos baratos. Exibia parte do tórax e os braços suados devido ao calor insuportável que assola o subúrbio do Rio de Janeiro no verão. Lá não se pode sentir a brisa do mar e, muitas vezes, a temperatura passa dos 40ºC, mas a sensação térmica passa dos 50ºC. Por causa do calor, é comum o carioca marcar encontro com os amigos na praia, na rua ou nos botecos, em conversas regadas a cerveja. O clima é muito mais agradável do que dentro de casa. Muito calor!

Enchi minha bolsa com vários utensílios domésticos de plástico, sabonetes, pentes, águas populares de colônia, batons e parti para as vendas. Nosso carro-chefe era um pequeno brinquedo, com uma mula articulada em cima de um barril, muito querido pelas crianças. E, como foi me ensinado, já esperava o cliente abrir a porta, movimentando a mulinha numa das mãos.

Meu primeiro dia de trabalho foi extremamente exaustivo pelo desgaste físico e mental. Tive que enfrentar várias barreiras. A primeira investida foi num pequeno prédio, típico dos poucos que existiam no subúrbio, pois me sentia mais protegido e seguro. Fiz tudo que tinham me ensinado. Escolhi uma porta, larguei as duas bolsas, no chão, saquei o brinquedo de mulinha da bolsa e toquei a campainha. Esperava uma dona de casa da idade da minha mãe, de rolinhos no cabelo, pano de prato em mãos e avental. Abre-me a porta uma adolescente da minha idade e linda! Fiquei parado olhando para ela por uns longos segundos. A língua travou! Balbuciei alguns ruídos estranhos, parecendo sons pré-históricos e a voz não saía. A garota deu um sorriso achando engraçado. Guardei o brinquedo, fechei a bolsa e fui tentar o próximo apartamento. Foi tão difícil esse enfrentamento das minhas limitações, que, nesse dia, fiquei exausto e voltei dormindo no ônibus, praticamente desmaiado.

No dia seguinte, estava eu lá de novo porque precisava de dinheiro e tinha de enfrentar o dragão. Enfrentei e venci. Foi a primeira vez que saí da Cidade de Deus sozinho. Desbravei praticamente todo o subúrbio carioca a pé, pois não existia ainda a indústria da violência, e as ruas não tinham portões embarreirando a entrada dos transeuntes. Éramos livres para andar pela nossa Cidade Maravilhosa.

O subúrbio era lindo. Com suas casas bem cuidadas e pitorescas, exibindo a data da construção, frases ou santos que as famílias acreditavam proteger seus lares. E bem na fachada, que é para o santo não errar de endereço. Nem sempre a imagem revelava a religião do morador, pois existia no Brasil e, principalmente, no subúrbio, uma prática religiosa que nós cariocas apelidáramos de "católica-apostólica-macumbeira", abarcando a influência da matriz africana. As festas nos Centros, as festas juninas, cantorias embaladas pelos violões e as rodas de samba eram a sensação naqueles locais onde se produzia mais cultura popular do que erudita. A maior parte dos teatros e museus era sempre muito perto dos bairros em que se concentravam as famílias mais abastadas e longe do subúrbio, onde os proletários residiam.

Os jardins das casas? Eram maravilhosos! Com muitas rosas, dálias, trombetas, manacás e samambaias choronas complementando o cenário. E as espadas de São Jorge e de Iansã que protegiam a casa? Essas também não podiam faltar!

O comércio era dominado pelos portugueses bigodudos que se equilibravam em tamancos de madeira nas quitandas que vendiam verduras, nas mercearias que vendiam secos e molhados e nas padarias que vendiam pães quentinhos pela manhã e à tarde. Naqueles horários específicos, formavam-se filas enormes à espera da iguaria. Era delicioso ver a manteiga derretendo no pão, que mal conseguíamos segurar de tão quente. Tornava-se mais mágico quando combinado com o café fresquinho. É a combinação perfeita!

A calçada era a praia do suburbano. Quando o sol se punha e o jantar estava pronto, os adultos colocavam suas cadeiras nas calçadas, iam tomar fresca e conversar com os vizinhos. O calor era muito forte e ninguém aguentava ficar dentro de casa, mesmo quem tinha ventilador, porque o vento vem quente na sua direção e não refresca. Adolescentes se reuniam em frente a algum portão e as crianças brincavam nas ruas desertas e nas calçadas perto de casa. Eram brincadeiras como garrafão, amarelinha, pique-pega, pique esconde, bola de gude, bandeirinha, taco, carniça... A criançada na rua brincando... solta... de pés descalços e com pouca roupa.

Ah! E quando chegavam as chuvas de verão? Traziam uma das melhores sensações que podíamos experimentar: o banho de chuva. Aquelas chuvas tropicais que caíam pesadas sobre nossas cabeças nos fins de tarde. Até hoje, posso sentir os pingos gelados sobre a minha pele aquecida pelo sol dos trópicos e as gotas enormes que tentávamos capturar, e matar a sede com a boca aberta para o céu. O verão trazia os temporais e as cigarras que tentávamos domesticar, amarrando uma linha em volta de seu corpo e deixando que elas nos levassem para onde pudessem. Na verdade, nós é que parecíamos seus animais de estimação, pois tínhamos que ir aonde elas nos levassem, não podíamos controlar seu voo. E os pobres dos vagalumes? Tenho quase certeza de que nunca mais os vi por nossa causa! Desenhávamos coisas abstratas e indecifráveis esfregando-os em nossas roupas, somente para ver a mágica de seu brilho, por poucos segundos, sobre o tecido.

A festa mais esperada por todas as crianças do Rio de Janeiro, naquela época, era a de São Cosme e São Damião no dia 27 de setembro. Para nós, crianças íntimas dos santinhos, era só Cosme e Damião. Ninguém ia para a escola nesse dia. Instituímos o feriado. Passávamos o dia inteiro andando pelas ruas, em bando, procurando as casas que dariam doces para enchermos nossas sacolas. Os adultos ofereciam saquinhos de papel com a imagem dos gêmeos estampada, na frente, e repletos de guloseimas. Mal os recebíamos e lá íamos nós revirar o saco, ansiosos por encontrar pé de moleque, cocada, paçoca, doce de leite, suspiro, quebra-queixo, coco de rato, maria-mole, doce de abóbora e de batata doce, pirulito, bolo e bala. Ao chegar à casa, derramávamos tudo nos enormes potes que fazíamos questão de encher e nos exibir, na escola, no dia seguinte. Disputávamos quem teria pegado a maior quantidade de doces. No Rio de Janeiro, é uma festa linda e, naquela época, era muito alegre e contagiante. E adivinha a região da cidade onde a festa era mais farta, alegre, divertida e colorida? No subúrbio, claro.

De volta às vendas, nossa bússola era a Avenida Suburbana, a mais importante do subúrbio da cidade. São, aproximadamente, onze quilômetros que ligam o bairro de Cascadura a Benfica. Passando por Quintino Bocaiúva, Piedade, Abolição, Pilares, Todos os Santos, Engenho de Dentro, Del Castilho, Maria da Graça e Jacarezinho. Antes de ser a Avenida Suburbana, fez parte do Caminho Imperial ou Caminho dos Jesuítas. Essa era a ligação entre o município da Corte e Sepetiba, passando pela entrada da Fazenda Imperial de Santa Cruz, refúgio da Família Imperial Portuguesa.

Percorremos a maior parte das ruas do Méier, Abolição, Pilares, Piedade, Cavalcanti, Quintino e Cascadura. Assim, dos 14 aos 18 anos, conheci o subúrbio carioca. Trabalhando e batendo de porta em porta. O carioca, na minha visão, é um povo muito solidário e hospitaleiro. Algumas pessoas até nos ofereciam almoço, água gelada, lanche ou café. Aquela hospitalidade amenizava a dureza do trabalho. E assim, trabalhando e batendo de porta em porta, aos poucos, o subúrbio foi adentrando minha alma, percorrendo minhas veias, aquecendo meu sangue e animando a vida.

Com essa atividade, adquiri calça, jaqueta, camisa e meu primeiro par de sapatos, escolhidos por mim e não pela minha mãe. Além das roupas e acessórios, comprei minha primeira câmera fotográfica, uma bicicleta usada, um relógio e o LP Construção, do Chico Buarque. Também iniciei minha vida social fora da CDD. Passei a frequentar parques de diversões, bailes e as lojas onde podíamos jogar *pinball* e pebolim.

Em uma de minhas peregrinações, cheguei a São Gonçalo, do outro lado da Baía de Guanabara. Atravessei a Ponte Rio-Niterói pela primeira vez, pois havia sido inaugurada há pouco tempo, em 1974, e é a maior ponte do hemisfério sul com mais de treze quilômetros de extensão. Nunca tinha passado por lá e achei-a muito linda, somada a sensação de estar num ônibus voador. O ônibus tocava a música do Chico Buarque que parecia querer me dizer algo: "... A gente vai levando / A gente vai levando / A gente levando essa chama...".

Saltei do ônibus ainda sob o efeito mágico da viagem. Fui desbravando o território até subir um pequeno morro. Em meio a uma venda, saiu um tiroteio! Rapidamente uma senhora me chamou para dentro de seu barraco, deu-me água e ficamos conversando por mais ou menos uns 15 minutos até cessar fogo. Despedi-me agradecido, desci o morro e nunca mais voltei.

Por volta dos 16 anos, conheci um paraibano, um pouco mais velho que eu, e que, apesar de ter sido uma amizade relâmpago, proporcionou-me uma experiência bastante intensa. Ele era meu colega de trabalho na venda de bugigangas e resolveu me levar para conhecer a área de baixo meretrício mais famosa da cidade, a chamada Zona do Mangue. A Zona ficava exatamente onde hoje se encontra o prédio da Prefeitura da Cidade do Rio de Janeiro. De tal maneira que o carioca, bem-humorado, como sempre, logo apelidou o prédio de Piranhão, fazendo alusão ao termo piranha utilizado para se referir às prostitutas que, outrora, lá trabalhavam. Quando a prefeitura construiu um anexo atrás do Piranhão, o povo logo o apelidou de Cafetão.

Como nunca tinha ido lá, cheguei tímido observando o ambiente. Chegamos no início da noite mal iluminada pelas fracas luzes que pareciam querer esconder o proibido. Ocultar pessoas e pobreza. Fomos caminhando e fazendo um reconhecimento da área. Eram casarões antigos transformados em puteiro. Não cheguei a entrar, mas pude reparar, esticando os olhos curiosos até o interior, que seria uma grande sala dividida por várias entradas. Ao acessar essas portas, você poderia adentrar cubículos, onde as prostitutas vendiam prazer a preços módicos. Na frente do casarão, elas se acomodavam na escada, como em prateleiras de um mercado. Reproduzindo a pirâmide social, nos degraus mais altos, ficavam a se exibir, as mulheres mais gostosas, cobiçadas e caras, enquanto na base da pirâmide de degraus, ficavam as "mercadorias" menos atraentes e mais baratas. A Zona toda funcionava à meia-luz, música alta e com muita gente transitando. Parecia uma feira.

Era a maior zona de meretrício do Brasil com mais ou menos dois quilômetros quadrados. Mulheres de todos os tipos e todas as idades, acima dos 18 anos. Baixinhas, altas, gordas, magras, feias, bonitas, negras, loiras, morenas, nuas, seminuas, vestidas... e para todos os gostos que, em gestos obscenos, ofereciam seus serviços. Tudo atravessado e controlado por cafetões, malandros e gigolôs.

Além dos marinheiros estrangeiros, fregueses de todas as idades, etnias e problemas inconfessáveis frequentavam o lugar. Era um ambiente meio assustador para um jovem adolescente e tornava-se mais aterrorizante o fato de haver possibilidade de contrairmos uma doença venérea. Confesso que não me senti confortável naquele ambiente. Senti até um pouco de receio de encarar uma daquelas mulheres. Mas segui fazendo o reconhecimento da área e buscando alguma profissional que me atraísse sexualmente.

Continuamos nossa caminhada. Até que nos deparamos com uma cena de total degradação do ser humano e que me marcou profundamente. Duas prostitutas rolavam sobre a água de latrina que se espalhava pela rua. Nuas, cada uma de cara para o sexo da outra, agarravam-se, com uma das mãos, nos cabelos, enquanto a outra mão tentava arrancar os pelos pubianos da adversária. Parecia uma briga de caranguejos. As duas rolavam sobre o esgoto e seus corpos já estavam cobertos pela lama fétida, quando os cafetões entraram em cena e apartaram-nas. Cena deplorável e deprimente. Fiquei chocado. Ficamos extremamente abatidos diante da verdade que se escondia por trás daquele mercado de carne humana. Fomos embora sem o sexo, consternados, mas aliviados. Nunca mais voltei lá. No dia seguinte, resolvemos ir à praia.

De volta ao subúrbio, passei por outro episódio desagradável. Era uma tarde bonita, o céu exibia seu manto azul, terminei mais cedo as vendas e resolvi passear pelo belo Jardim do Méier. Comprei um quebra-queixo, na praça, e saí feliz, caminhando, quando dois jovens me pediram informação e parei para atendê-los. Repentinamente senti um braço me envolvendo e a ponta de uma faca no pescoço. A história deles ia entrando pelos meus ouvidos: estamos fugindo do morro onde matamos dois e deixamos, no chão, todos ensanguentados, com o pescoço cortado. Fiquei intimidado e dei todo o meu dinheiro. Eles ainda me deram o dinheiro da passagem para eu voltar a minha casa. Só que eles queriam também o meu muito querido relógio *Seiko*, comprado à custa de muito sacrifício. Negociei por mais de meia hora com eles, rodando pela praça e eles insistindo com a faca espetando, levemente, a minha jugular. Quando começou a escurecer, vi que não ia ter jeito e resolvi entregar.

Dei alguns passos, ainda desnorteado e me deparei com um grande letreiro que dizia: Delegacia de Polícia. Como todo cidadão honesto, entrei e relatei o ocorrido. Mas, quando disse que morava na Cidade de Deus, os policiais começaram a me cercar e interrogar, todos ao mesmo tempo, desconfiados, o nome do pai, da mãe, endereço, o que estava fazendo lá, como consegui o dinheiro roubado e me deixaram mais desnorteado do que já estava com o assalto. Não aceitavam as respostas que eu dava e me bombardearam com tantas perguntas que comecei a chorar, achando que ia ser preso por ter sido assaltado. Nesse momento, todos foram debandando, ficando somente um policial, que me aconselhou a não dar queixa porque não ia adiantar nada e só ia dar trabalho para o meu pai, pois eu só tinha 16 anos e era menor de idade. Voltei arrasado para casa e pensando que eu não valia nada, não tinha a menor importância para o Estado e com a autoestima na lama. Foi minha primeira grande decepção como cidadão brasileiro. Passei a ver a polícia com outros olhos e a ter medo de me identificar como trabalhador e morador de favela. Não conseguia entender o porquê de a polícia tratar um trabalhador como bandido. Agora entendo.

PECADO CAPITAL

O sistema capitalista nos educa para ter e somente respeitar o que temos. E quanto mais caro, mais valorizarmos. Quanto mais caro, mais belo. Quanto mais caro, mais encantador. Quanto mais caro, mais desejamos. Para nós, trabalhadores pobres e favelados, que não temos o direito de possuir coisas caras, só nos resta o direito de desejar. Em um movimento alienante promovido pelo capitalismo e por nossa condição socioeconômica, passamos a desejar quase tudo de material que as classes privilegiadas têm. Estamos sempre correndo atrás de ter o que os ricos têm ou não seremos respeitados. Não ter e não ser é o que tentamos evitar a vida inteira. É o que o capitalismo nos impõe. Se você não tem, você não é. Você simplesmente não existe.

Nada nos resta... nem posses, nem beleza, nem saber, nem erudição, porque tudo gira em torno dos interesses das classes dominantes e passa a ser propriedade delas. Nós, pobres e favelados, desprovidos da capacidade de ter, perdemos a voz também, sem opinião e sem direitos. Alienados de nossa condição de classe, seguimos tentando alcançar um degrau a mais na pirâmide social, numa escalada insana, matando-nos de trabalhar para adquirir bens que acreditamos nos aproximarem dos ricos e do lugar de cidadão respeitável.

Acreditamos que, se vestirmos suas roupas, mesmo que falsificadas e compradas no camelô da esquina, e nos comportarmos à sua imagem e semelhança, votarmos nos seus candidatos, seremos, então, respeitados e aceitos. E eu, totalmente alienado e ignorando a sociedade em que vivia, não tinha projeto de vida. Trabalhava para me divertir e comprar roupas que tinham valor incompatível com meu salário. Trabalhava meses para comprar um tênis, uma jaqueta, um relógio, uma calça, uma camisa e tudo que eu via nos jovens de classe média. Comprava tudo com muito sacrifício, mas precisava andar bem-vestido para ser visto e respeitado. Precisava ter... para ser. As tentações são muitas para um jovem de poucas posses numa sociedade corrupta, violenta e perversa. Vivemos driblando a pobreza e o risco social. Posso afirmar que não é fácil fugir das tentações em um país com tantas injustiças, corrupção e maus exemplos. Com a imensa dificuldade para adquirir bens materiais, inclusive os de primeira necessidade, algumas vezes, somos tentados a cortar caminho, furtar ou roubar para possuir nosso objeto de desejo.

Com a ditadura militar, em pleno vapor, ainda adolescente e alienado politicamente, passei por três experiências conflitantes com os ensinamentos de minha família. Não me orgulho delas, mas me orgulho de tê-las desviado de meu caminho e superado essa fase.

AOS 16 ANOS

Rio de Janeiro.
Domingo.
40 graus.
Carnaval...e eu duro. Solução: praia. Peguei minha magrela e saí pedalando os oito quilômetros até a Barra da Tijuca. Quando estava a cem metros do meu destino, encontrei o Santana e o

Nadinho. Santana era um homem alto, do tipo atlético. Nadinho era baixo. Formavam uma dupla até engraçada. Os dois interromperam meu percurso e me chamaram para fumar um baseado. Estranhei, pois não éramos tão íntimos, apenas nos conhecíamos através dos bailes em Cascadura. Saí para arranjar uma seda e, quando retornei, de longe, percebi que os dois estavam arrombando um carro. Fiquei surpreso! Não sabia que eles eram ladrões! Dividiram o roubo e vieram ao meu encontro — Aí, *playboy*, leva esse ferro pra favela.

Fiquei indignado, mandei se foderem e fui embora. E não é que eles se foderam mesmo!

Algumas poucas pedaladas à frente, cruzei com o carro da polícia e um braço para o lado de fora apontando uma arma para eles. Eu me apavorei! Por menos de um minuto, eu teria sido apanhado com os caras sem ter nada a ver com a história. Enquanto pedalava desesperado pela contramão, desviando dos carros como um alucinado, voltava a cabeça ao local do crime e via os policiais enquadrando os dois. Pedalava, virava a cabeça novamente, e eles já estavam com as mãos para o alto. Tentava voar com a bicicleta para o mais longe possível.

A praia estava superlotada e ficava difícil transpor aquela multidão. Consegui levar a bicicleta o mais próximo da água para vigiá-la contra os ladrões e continuei fugindo mar adentro. Acho que nadei uns mil metros. Quando notei que estava tudo bem, fiquei lá, curtindo o mar e agradecendo a todos os santos. A transparência da água... eu dividindo aquela preciosidade com os peixes... e os atobás sobrevoando minha cabeça, como se quisessem me lembrar do quanto a liberdade é cara.

Meses depois, estava no ônibus Gávea-Cidade de Deus quando entra uma galera. Adivinha quem se sentou ao meu lado? Ele mesmo. O Santana. Começou a falar sobre o episódio da praia e de quanto tempo ficou preso e, naturalmente, avisou-me que iria assaltar o coletivo. Pedi a ele que livrasse a cara da cobradora e ele me atendeu. Levantaram-se de uma só vez cinco adolescentes liderados por ele, que já era bem mais velho. Avançaram nos cordões de ouro, alianças, anéis, relógios, bolsas e carteiras. Todo mundo em pânico! Uma gritaria geral! Santana precisava controlar a situação. Foi à frente do ônibus mostrando a arma e gritou — Cala a boca! Senão eu vou atirar! Diante dessas palavras mágicas, todos silenciaram, imediatamente, e o assalto prosseguiu com êxito.

Pouco tempo depois, Santana atravessou a madrugada, a batucada e morreu assassinado na quadra de uma Escola de Samba.

AOS 15 ANOS

Jacó foi um grande ladrão de bicicletas da Cidade de Deus. A cada semana, ele aparecia com uma nova. Tinha de todas as marcas e tipos. Ninguém poderia imaginar que fosse ladrão, porque as pessoas, influenciadas pelo racismo, têm em mente o estereótipo do ladrão preto e mal-encarado. Jacó era branco, tipo atlético, cabelo castanho claro, olhos esverdeados e mais de um metro e oitenta.

Gostava de andar comigo pelo fato de eu ser branco e não parecer morador de favela. Dessa maneira, omitíamos nossa identidade favelada e não chamávamos a atenção das pessoas e, principalmente, da polícia que, certamente, se fôssemos pretos, nos abordariam com frequência. A máscara branca nos protegia e livrava de muitos problemas.

Era domingo e Jacó me convidou para ir à praia do Leblon. Pensei logo no garimpo e aceitei, imediatamente, pois se achava muito mais ouro nas praias da zona sul que na Barra da Tijuca, devido ao maior número de frequentadores na época. Chegando lá, fiquei um pouco assustado com a movimentação de pessoas e carros. Muito engarrafamento e gente procurando vaga para estacionar, tarefa hercúlea num domingo de sol em que até um pedaço de areia na praia é disputado pelos cariocas e turistas. Foi a primeira vez que voltei à praia da minha infância desde a nossa remoção. Senti-me um pouco deslocado como se não pertencesse mais aquele lugar. Já me sentia suburbano...

Jacó, então, resolveu me ensinar como se arrombava o Corcel 73. Olha aqui — dizia ele — tá vendo esta bolinha do lado da maçaneta? Você dá uma porrada que a porta abre. E abriu a porta do carro, recomendando que ficasse vigiando enquanto ele vasculhava o interior do veículo. Muito constrangido, não consegui avisá-lo a respeito de um carro que se aproximava. Jacó, deitado no banco do motorista com a bunda para rua procurava algo de valor. O carro diminui a marcha... eu cada vez mais apavorado, fiquei estático. Quando chegou bem em frente, o veículo parou e o motorista perguntou a ele — Vai sair dessa vaga agora? No que ele respondeu num tom bastante agressivo e sem cerimônia vociferou — NÃO! Nesse dia, ele abriu uns três carros. E, apesar da bronca pela minha incompetência como olheiro, deu-me uma camisa Lacoste, original, que na mesma noite estreei no baile.

Inspirado pelas lições de Jacó, passei a observar o Corcel 73 de outros estados, pois, segundo meu mestre, seriam turistas que certamente carregavam coisas de valor. Não dava para esquecer, com a música do Raul tocando em nossa cabeça: "...consegui comprar um Corcel 73".

Avistei, na Barra da Tijuca, um corcel com placa de São Paulo e lotado de malas. Corri em direção à praia com o firme propósito de encontrar algum malandro conhecido e forte, que pudesse me ajudar a carregar tanto peso. Por sorte, ou azar, o Talarico vinha correndo em minha direção. Rapidamente contei-lhe o plano. Ele adorou, ficando muito agradecido por tê-lo convidado. Próximo ao carro, segui as instruções: dei uma porrada na bolinha da maçaneta e abri a porta. Começamos a pegar as malas de roupas, que eram mais ou menos umas seis, e já estávamos indo embora, quando dois rapazes, humildemente, vieram falar conosco — Pô, aí, essas malas são da minha tia que acabou de chegar de São Paulo, não leva não. Fomos surpreendidos pela atitude deles de buscar o diálogo, ao invés de gritar — Pega ladrão! Imaginem a gente correndo pela orla, ainda selvagem da Barra da Tijuca dos anos 70, arrastando um monte de malas. Olhamos para a cara dos caras e percebemos que eles eram legais. Nós nos entreolhamos... e... decidimos devolver. Devolvemos as malas e fomos aproveitar a praia que estava maravilhosa!

AOS 14 ANOS

Estávamos na praia, Galego e eu, conversando sobre a falta de dinheiro quando decidimos realizar nosso primeiro assalto. Permeados pelo convívio com a marginalidade e preocupados com a autoafirmação adolescente, precisávamos corresponder ao ideal do "sujeito homem", viril, másculo, corajoso, propagado entre nossos colegas de praia e bailes. A imaturidade e o desejo adolescente de se autoafirmar socialmente foram combustíveis perfeitos, que nos levaram a experiências totalmente contrárias aos preceitos éticos apregoados por nossas famílias. Lá em casa, pegávamos no pesado desde os doze anos e nunca tive irmão ou qualquer outro parente bandido. Meu pai foi motorista de taxi e, quando algum passageiro esquecia qualquer coisa em seu veículo, ficava guardado lá em casa até que o dono aparecesse. Malas e malas eram esquecidas, por meses e meses, em cima do nosso guarda-roupa e ninguém podia sequer tocá-las. Era muito difícil conseguir devolvê-las, mas lembro de uma, cheia de dólares, que, ao ser devolvida, a dona nem agradeceu.

Voltando à história do assalto, seria uma tarde como outra qualquer, se não tivéssemos partido com uma arma na cintura, em direção ao ponto de ônibus. Nossa intenção era pegar um coletivo rumo ao centro da cidade e assaltá-lo. Como sempre, estávamos duros, e o cobrador deixou que passássemos juntos na roleta pagando somente uma passagem e já ganhou nossa simpatia. Sentamos. Chegando ao alto da serra Grajaú-Jacarepaguá, levantei fingindo iniciar o assalto, somente para testar a coragem de Galego. Coisa de criança mesmo. Ele já ia se levantando, quando voltei a sentar e começamos a ponderar sobre nossa atitude — Pô, o ônibus só tem trabalhador, esse pessoal nem deve ter dinheiro para nos dar. Vamos procurar outro lugar. Continuamos a viagem e nos deparamos com a segunda oportunidade de ganho: o bairro do Grajaú. Decidimos descer. Logo avistamos uma padaria muito bonita que, imediatamente, passou a ser nosso alvo. Entramos, pedimos um refrigerante e o balconista nos mandou pagar no caixa. Justamente o lugar que pretendíamos conhecer: a caixa registradora.

Fomos andando em direção ao nosso objetivo. O coração acelerado e as mãos suando frio. O dinheiro ficava resguardado por uma grade e o percurso até lá aumentava o nosso medo proporcionalmente. Chegando ao caixa, nos deparamos com uma morena linda, dona de um sorriso espetacular! Muitas vezes a simpatia é uma força mais poderosa que as armas de fogo. Novamente fomos desarmados por aquele sorriso estonteante — O que vocês vão querer, gatos? — Só um refrigerante! Respondemos em uníssono, já estendendo a mão com o dinheiro. Ficamos puxando assunto com ela, e acabamos saindo de lá mais duros do que entramos. Cara, não dá para assaltar esse avião! Com aquele sorriso... e a simpatia... tornou-se impossível. Decidimos voltar para casa de bolsos vazios, levando apenas o número do telefone dela.

Já estávamos em Jacarepaguá, a caminho de casa, e, enquanto caminhávamos, surgiu um cara pedindo informação a respeito da Barra da Tijuca e aproveitamos para pedir uma carona. Ao entrarmos no carro, fomos tomados pela sensação muito forte de uma nova oportunidade de assalto. Dessa vez, não tinha desculpa. Nem trabalhador, nem mulher bonita! Era a presa perfeita, um filhinho de papai. Já estávamos nos preparando para dar o bote, quando o silêncio foi quebrado pelo som do rádio com os acordes de uma guitarra, que era nada mais nada menos que Raul Seixas, nosso grande ídolo do rock brasileiro, cantando *Maluco Beleza*.

E fomos nós, felizes da vida para casa, embalados pelo som do Raul.

Não tínhamos a menor vocação para o crime! As lições, traduzidas nas atitudes honestas de nossos pais, rondavam nossas cabeças e batiam no fundo da consciência. Assalto? Que assalto que nada, esquece isso!

Após essas experiências, dei por encerrada, sem nunca ter começado, minha carreira no crime.

GARIMPO URBANO

Seu Adriano foi guarda-vidas, durante muitos anos, na zona sul do Rio de Janeiro nos anos de 1950 e 1960. Gerou vários filhos, com os quais tive uma relação muito próxima de amizade da infância à adolescência.

Saulo foi meu parceiro de garimpo nas areias da Barra da Tijuca e Copacabana. Até hoje, Saulo é garimpeiro, conhecido e respeitado. Aprendeu a garimpar com seu pai e vivia me convidando para acompanhá-lo, mas eu nunca acreditei nessa história de garimpo urbano. Via os garotos trazendo brinquedos, cordões de prata, bijuterias, moedas enferrujadas e, por vezes, ouro, mas nada daquilo me estimulava. Até que, certo dia, estava num paredão de areia com mais ou menos três metros de altura, olhando a ressaca do mar, quando vi algo brilhar lá embaixo. Desci para verificar e me deparei com uma aliança enorme que pesava 15 gramas. Aquele brilho dourado apoderou-se de minha alma e a partir de então peguei a "febre do ouro".

Fiquei alucinado! Acordava de madrugada, no inverno, pegava a bicicleta e ia a caminho da praia, na maioria das vezes, debaixo de chuva. Esses são os melhores dias para garimpar, pois o mar fica mais revolto, as areias são reviradas e o ouro aparece.

A vida de garimpeiro não é fácil, como algumas pessoas podem imaginar, pelo fato de ser realizado nas belas praias de uma linda metrópole. Infelizmente, a melhor estação para garimpar na praia é o inverno. É bom lembrar que a cidade do Rio de Janeiro não é só verão, como acreditam as pessoas que a veem através de imagens turísticas espetaculares, sempre com sol em praias paradisíacas. Existe inverno e frio. E o frio úmido penetra até nossos ossos que chegam a doer em algumas ocasiões, principalmente na praia.

Eu acordava, por volta das quatro horas da manhã, com o vento assoviando e invadindo as frestas das janelas, acompanhado de uma chuva bem fininha e gelada. Clima que seria enfrentado somente em caso de um inadiável ou nobre propósito. Levantava-me do velho sofá da sala onde dormia, silenciosamente, para não acordar os irmãos e minha mãe, que levantava às cinco para trabalhar. Mas ela sempre estava acordada e me perguntava — Tá indo pra onde? No que eu respondia — Vou procurar ouro na praia. Ela me autorizava em silêncio e eu continuava meu ritual. Qualquer atividade honesta que rendesse dinheiro estava, previamente, autorizada por mamãe. Comia alguma coisa e pegava a bicicleta, que dormia na sala comigo. Tentando fazer o mínimo de barulho, trancava a porta, colocava a bicicleta num dos ombros para descer a escadaria do prédio e, dessa maneira, não acordar a vizinhança. Ao sair da proteção do edifício, a sensação de frio aumentava sensivelmente. Montava, saía pedalando em zigue-zague contra o vento sudoeste, que vem trazendo a umidade do mar e a chuva fina e gelada. A dificuldade agravava a falta de visibilidade, e os carros, que passavam ao meu lado, um a um, lançavam a água empoçada na rua sobre mim. Eram mais ou menos oito quilômetros de martírio.

Ao chegar à praia, parava e observava onde o mar estava batendo mais forte e formando grandes elevações, paredões escavados pelas altas ondas que, revirando violentamente a areia, faziam emergir o ouro oculto. Quando o garimpo estava bom, você via as moedas de várias épocas, enferrujadas e novas, pulando nas ondas ao nosso lado. Precisamos estar atentos ao que é ouro ou não para pegá-lo, rapidamente, antes que a próxima onda os restitua ao mar. Uma das maiores habilidades de um garimpeiro é reconhecer, prontamente, o que é ouro ou não antes que o mar o recolha. Eram mais ou menos sete horas de trabalho, exaustivo, garimpando, com as ondas fortes e geladas batendo na cintura, com fome e frio.

Certa noite de verão, tive um sonho estranho. Sonhei que estava defecando amarelo sobre todo o chão da casa do cantor Roberto Carlos. Isso me deixou cismado, porque, segundo uma lenda, quando sonhamos com merda, o dinheiro vem ao nosso encontro. Na mesma madrugada, Saulo e eu partimos para Copacabana e fomos garimpando até a praia do Leme em busca do ouro, pois estava uma ressaca terrível e, quando o mar se revolta, tira ouro das profundezas e joga na areia. A cena com a qual nos deparamos, nas areias do Leme, remetia a um cenário de guerra. Parecia um campo minado com tantos buracos cavados pelos garimpeiros. Todos cavando, cavando, cavando, cavando com os pés e mãos ou pequenas placas de metal... em busca do ouro. Era muita gente, muito frio, muita chuva fininha, muito vento gelado, muita água gelada batendo na bunda, muita fome e resolvi ir embora, porque já havíamos encontrado alguns cascalhos de ouro e a tarde já começava a ceder lugar para a noite.

Antes de me retirar, veio uma onda e, no seu recuo, vi uma corrente de mais ou menos 30 gramas de ouro brilhando para mim. Que alegria! Foi o maior achado do dia. Quando encontrávamos algo especial, precisávamos mostrar aos colegas para manter a esperança garimpeira viva e voltarmos no dia seguinte, porque a vida de garimpeiro não é fácil. Então mostrei meu pequeno tesouro que todos queriam ver e pegar, pois tínhamos a necessidade de algo material, palpável e real que nos convencesse de que garimpo urbano existe para continuarmos na luta pela sobrevivência. Em busca do ouro. Era um ambiente de muita cooperação, solidariedade e honestidade. Todos respeitavam os achados dos outros e não havia roubo. E assim eu seguia na informalidade. No verão, era mascate. No inverno, garimpeiro. Até encontrar a fotografia.

VIAGEM A MARICÁ

Tiago adorava rock e foi a primeira pessoa a me falar de seus ídolos, Monterrey Pop e Woodstock. Comecei a curtir rock na casa dele, quando tinha uns 15 anos, e ele já servia no exército. Metido a malandro e maconheiro veterano, vivia me incentivando a usar até que, no Carnaval de 1976, experimentei maconha pela primeira vez. A partir de então, teve início minha viagem pelo mundo das drogas ilícitas, porque o álcool foi a primeira droga que ingeri, tomando um porre aos 12 anos, com o consentimento de meu pai, pois fazia parte do ritual masculino.

Conhecia o Valdir muito superficialmente, apenas das rodas de fumo. Ele dizia ser compositor de samba e andava sempre acompanhado do Nem. Até que um dia aconteceu um fato hilário que nos aproximou bastante. Estávamos Nilo, Galego e eu na casa de Tiago brincando de Autorama, que era a sensação dos anos 70, coisa raríssima na favela. Enquanto nos distraíamos fascinados com o novo brinquedo, uma voz cavernosa acompanhada de quatro olhos por cima do muro arrisca — Qual ééé? Esse era o código na favela para um acerto de contas. O Tiago, que estava devendo, saiu pulando tudo quanto era muro que viu pela frente. Nós, ali, estáticos, sem entender coisa alguma. As duas figuras misteriosas eram o Nem e o Valdir de brincadeira conosco.

Quando nos demos conta do ridículo da situação, fomos todos dominados por um acesso de risos. A partir de então, Valdir e eu ficamos mais próximos e por diversas vezes lembrávamos da história do "Qual ééé?" e retornávamos às gargalhadas.

Valdir era motorista de Kombi e, em meio a uma de nossas conversas, mencionei o fato de eu possuir um terreno na praia de Itaipuaçu, em Maricá, Estado do Rio de Janeiro.

O Nem, que nessa época já estava entrando no bicho, ou seja, na marginalidade, teve a ideia de uma cooperativa de amigos para construir uma casa que fosse de uso coletivo. No sábado seguinte, reunimos em torno de oito pessoas, dentre as quais estavam o irmão de um famoso traficante, um pedreiro, que respondia pela alcunha de Tenente, Valdir e Nem, o mais entusiasmado e bradava — Aí, Sussu, você tem o terreno, Valdir dirige a Kombi, o Tenente faz a obra e o material a gente rouba! Vamos lá ver esse terreno!

Entramos na Kombi velha e fomos em direção a Itaipuaçu. "Em direção" é maneira de dizer, pois estávamos totalmente desorientados. Não existia internet, tampouco celular. Precisaríamos levar um mapa rodoviário, que não levamos, e nem pedíamos informação. A ignorância atrapalha bastante a vida das pessoas. Para se ter ideia, um percurso que normalmente se faz em quarenta minutos, nós fizemos em um dia inteiro.

Saímos da favela, pela manhã, fumando maconha e só paramos para atravessar a Ponte Rio-Niterói por causa do pedágio e da polícia rodoviária. A Kombi parecia estar em chamas com tanta fumaça. À tardinha, conseguimos chegar a Inoã, na entrada do acesso para Itaipuaçu, então resolvemos parar e almoçar. Quando aquele bando de maconheiros forasteiros saltou do carro, notei um misto de espanto, curiosidade e temor na fisionomia das pessoas. Podia até ler seus pensamentos: "Ave-Maria! São os Cavaleiros do Apocalipse".

Éramos todos bons companheiros e dinheiro não era problema. O irmão do traficante, o mais abastado do grupo na época, pagou toda a conta em dinheiro. A dona da pensão adorou, pois talvez esperasse pelo pior: um grande calote somado a um assalto. Com a conta paga e alguns minutos de conversa, a desconfiança foi arrefecendo e chegamos ao nosso objetivo: o terreno.

Maricá é muito bonita, com seus 46 quilômetros de praias, ilhas, trilhas, seis lagoas, canais, cachoeiras, restinga e montanhas belíssimas. Povoada pelos indígenas, desde sempre, e pelos colonizadores portugueses desde o século XVI. É um lugar tão especial que até Charles Darwin chegou a incluir, em seu roteiro de pesquisas, a região de Itaipuaçu. Todos ficaram encantados com o lugar e mais animados com o projeto.

Lá sonhamos e traçamos mil planos. Nós calculávamos onde ficaria localizado cada cômodo e a logística para executar a construção. Chamávamos o pedreiro de Tenente, justamente por seu passado militar e seu jeito de superioridade. Empunhando lápis e papel, com pose de engenheiro formado pelo Instituto Militar de Engenharia, fazia os cálculos do empreendimento. Voltamos contagiados pelo sonho e nos deliciando com o projeto. A felicidade invadia nossos jovens corações!

De volta à realidade dura da favela, com o passar do tempo, cada um foi seguindo seu rumo e, aos poucos, fomos nos dispersando pela vida. Volátil como os muitos sonhos da juventude, foi-se mais um pelo ar: Maricá. Nunca mais tocamos no assunto. Foi apenas um sonho de verão...

ENTRE BECOS E BOCAS

Antes de falarmos sobre minha experiência com drogas, na CDD, precisamos entender que a humanidade, por inúmeros motivos, condena seu uso, mas nunca viveu sem elas. É um tabu falar sobre drogas, difícil explicar. Preferi citar um trecho do livro *Drogas, da Medicina à Repressão Policial*, escrito pela Professora Maria de Lourdes da Silva. Para nós da Cidade de Deus, é a Lourdinha, companheira de "nossos felizes tempos de luta, sonhos e conquistas partilhados na CDD" nas palavras dela. No primeiro capítulo, já esclarece que "O consumo de substâncias, com capacidade de alterar o estado perceptivo e sensorial do usuário, está intrinsicamente ligado, desde tempos imemoriais, à história ritualístico-religiosa, gastronômica, de entretenimento e lazer, assim como às artes de curar de diversos povos e culturas. Há registros dessa convivência nas civilizações neolíticas, passando pela Antiguidade europeia e asiática; entre as diferentes tribos africanas indo até as civilizações pré-colombianas... em outras palavras, a história das drogas reflete em boa medida a própria história da humanidade".

Através da leitura desse texto, ficou claro para mim que não existe diálogo ou reflexão social sobre o tema e nem interesse em elucidar as dúvidas. Dessa maneira, o tabu vai se perpetuando.

Não se trata aqui de apologia às drogas, mas precisamos estabelecer um diálogo verdadeiro sobre o tema.

Eu, como morador, pude perceber, que, até meados dos anos 70, o tráfico não ocupava as inocentes ruas e vielas da Cidade de Deus. Quem quisesse comprar maconha teria que conhecer alguém que soubesse onde era a casa do traficante. É isso mesmo! Você ia à casa do próprio. Não existiam "movimento" nem quantidade de droga nas ruas, e a desconfiança imperava. Quando um traficante da favela foi preso em flagrante com a mercadoria dentro de casa, mudaram a estratégia de vendas e passaram a esperar os compradores em alguma esquina escondendo as drogas embaixo de uma pedra ou atrás da moita. Eram mais ou menos meia dúzia de pessoas que vendiam drogas em toda a CDD. Então, nós, compradores, percebíamos um movimento de pessoas, diferenciado. Era aquele chega e sai da esquina, em torno daquela pessoa que vendia e logo apelidaram o ponto de vendas de "movimento", expressão herdada do jogo do bicho. Quando queríamos comprar, perguntávamos aos conhecidos: onde é que está o "movimento"? Logo o apelido pegou e o tráfico de drogas passou a ser conhecido por este nome. Mais tarde, os pontos de venda passaram a ser chamados de "boca de fumo".

Poucas pessoas se arriscavam a vender ou comprar, o mercado consumidor era bastante pequeno dentro da favela, e as drogas que faziam parte do nosso universo eram o álcool e o cigarro. Maconha e cocaína, para nós, estavam claramente associadas aos bandidos, até o dia em que recebi na escola um panfleto educativo, pretensamente inibidor do desejo de experimentá-las, falando da morte de Janis Joplin e Jimmy Hendrix por *overdose*. Quem seriam essas pessoas? Não tinha a menor noção. O panfleto trazia uma pequena biografia dos ídolos do rock americano, incluindo uma bela foto da Janis que nos foi entregue sem nenhuma explicação, diálogo ou orientação. Então... tirei minhas próprias conclusões. Aquilo deu a maior reviravolta na minha cabeça! Surtiu um efeito totalmente contrário ao pretendido. Comecei a refletir: "droga não era só coisa de bandido. Era coisa de artista rebelde e jovem também!" A partir desse momento, passei a ver as drogas com mais simpatia e menos preconceito.

Comecei com os comprimidos, que, por incrível que pareça, eram muito mais fáceis de conseguir do que maconha e cocaína. Tínhamos um amigo que conseguia papéis timbrados de uma clínica e mandou fazer um carimbo de médico, assinando, ele mesmo, as receitas para as "bolas" mais pesadas. E lá fomos nós, *surfar na onda das bolas.*

No carnaval de 1975, Gê, Bolão e eu entramos na matinê gratuita do clube Olímpico de Jacarepaguá com a intenção de ficar para o baile noturno, pois era um dos melhores carnavais do bairro e, como sempre, por motivos óbvios, não podíamos arcar com o preço dos ingressos. Fomos para o banheiro, engolimos várias bolinhas e seguimos por uma passagem que nos levaria do banheiro ao porão do palco. A ideia era ficarmos escondidos até o início do concorrido baile noturno porque o ingresso era muito caro para nós. A escuridão total nos tornou mais sensíveis aos efeitos das drogas. Ficamos os três deitados no meio da imundície sem nos ver uns aos outros, trocando ideias desconexas sobre o que sentíamos. Dormência. Sem querer, dormimos por volta de cinco horas. Despertados pelo som dos metais da banda e sobressaltados, nos perguntávamos onde estaríamos! Fomos tateando até achar a saída que nos levaria de volta ao banheiro e à realidade. Embora bastante desnorteados e imundos, conseguimos sair daquele buraco. Nos misturamos aos foliões. As pessoas olhavam espantadas para nossa sujeira, mas não estávamos nem aí para nada, a gente queria era aproveitar. Sacudimos nossa poeira até a Quarta-Feira de Cinzas.

Após o Carnaval, voltávamos à realidade das aulas... horários, deveres e responsabilidades, achando tudo isso muito chato. Estudar parecia o sacrifício do prazer, mas seria nosso passaporte para um futuro melhor. Não percebíamos o quanto éramos privilegiados por frequentar uma escola, oportunidade que meus pais não tiveram.

Maconha? Só em ocasiões especiais! Era muito difícil conseguir comprar, até que, em meados dos anos 70, auge da ditadura militar, os traficantes começaram a botar a cara na rua. O movimento ainda era contido e de certa forma tinha algum respeito pelos moradores, pois a boca só abria ao cair da noite. Apesar desse comércio de drogas não ser tão banalizado quanto é hoje, ficou mais fácil comprar.

As bocas de fumo embalavam a maconha de formas diversificadas. Algumas eram chamadas de "trouxinha" porque vinham enroladas em forma de trouxa, como era o caso dos apartamentos. O Karatê, outra área da CDD, embalava de uma forma e tamanho que se assemelhava a um cartucho de espingarda e eram chamados de "cartucho". A novidade é que podia se comprar meia embalagem e pagar a metade do valor. Tudo cuidadosamente dobrado. Barata e muito verdinha, a erva era embalada por folhas de revistas, cadernos e livros didáticos. Isso mesmo! Páginas e páginas de livros embalando drogas. Curiosamente... em plena ditadura militar... enquanto o tráfico ganhava força, a escola pública entrava em decadência.

O uso da cocaína ficava restrito aos ricos, mas o interesse em expandir o mercado de usuários e aumentar seus lucros, estendeu-se e apoderou-se da classe média. Era muito mais cara que a maconha e começou a ser despejada em massa nas favelas nos anos 70. Tinha uma embalagem bem mais sofisticada e à altura de seu preço. Envolvida num plástico dobrado e protegida pelo papel vegetal, para evitar a umidade e não melar. Desembrulhávamos com cuidado... Seu brilho fascinante, dava-nos a ilusão de que faríamos uma viagem encantadora, para fora da nossa dura realidade. Reluzia bastante e logo foi apelidada de "brilho", "brizola" ou Pedro Otávio, que abreviado vira pó.

Em meados dos anos 80, a maconha sumiu das bocas e muita gente apelou para a cocaína que passava a ser a droga da vez. O preço caiu, a embalagem mudou, a quantidade aumentou e o brilho acabou. Muita gente ficou viciada e, hoje, eu as encontro com várias sequelas. Alguns tiveram derrame, enfarte, problemas pulmonares, perderam seus dentes e até a vida. Eu, sinceramente, experimentei algumas vezes e tive a felicidade de descobrir que não gostava, até porque quando a cocaína te pega... é ela quem manda.

Em 1987, aconteceu um fato que virou lenda no Rio de Janeiro. Um navio saíra da Austrália abarrotado de maconha para despejar em Miami. Entretanto, os Estados Unidos pediram que o Brasil o interceptasse. Seus tripulantes, com receio de serem presos, lançaram 20 toneladas da droga, acomodada em latas, no litoral do Brasil. As latas apareceram em várias praias do Rio de Janeiro. Meu amigo, garimpeiro, conseguiu capturar quatro delas. Pescadores e surfistas, por estarem em seu "habitat natural", também foram premiados. A qualidade chamou a atenção, porque era muito verdinha e forte, com grande potencial de THC, a substância tóxica da maconha. Assim o verão de 1987 ficou conhecido como o "verão da lata".

Ainda nos anos 70, o tóxico começava a ocupar as ruas, e meus antigos companheiros de escola, a essa altura já abandonada por eles, tornavam-se, agora, microempresários da droga na Quadra 13, vizinha aos apartamentos. Irmãos e sócios, Chambinho e Boquinha, pertenciam a uma família de trabalhadores muito pobre, simpática, unida e até então honesta. Moravam nas Triagens, que era uma unidade domiciliar pequeníssima, chamada de "vagão", porque parecia um vagão de trem. E, como sugere o nome triagem, foi construída como moradia provisória, que virou permanente. Essa família era tão unida que, devido à falta de opção de emprego, resolveu investir na nova alternativa de comércio que surgia: o mercado das drogas.

Até a mãe ajudava quando os filhos estavam presos. Enquanto Chambinho, Boquinha e Linho inauguravam a boca, na Quadra 13, Bené e Zé Pequeno já tinham o domínio da Quadra 15. Eu transitava, com muita tranquilidade, entre as duas por ser morador antigo, conhecido por muita gente, e não ter envolvimento com o tráfico de drogas. Porém, quando você tem um vínculo afetivo com as pessoas, perde a noção do perigo. Percebi isso, muito claramente, ao passar por uma situação de risco. Era muito difícil ver aquelas pessoas, tão simpáticas e tão próximas, desde a infância, agora, como perigosas.

Verão de 1979. O céu estava sem nuvens exibindo suas estrelas e uma lua cheia maravilhosa nos observava. A favela fervia de gente na rua. Cadeiras nas calçadas, crianças brincando e conversas por todas as esquinas. Dirigia-me a uma festa e, como de costume, acabei parando para conversar. Fazia um calor infernal e fiquei tomando uma cerveja com o Calu, meu amigo de infância, e, agora, gerente da boca de Chambinho numa birosca, que, geograficamente, ficava no meio do movimento. Enquanto nos divertíamos e distraíamos com a conversa, um exército de traficantes rivais, provenientes da área do Karatê, saiu de dentro da escuridão, como num passe de mágica. Em poucos segundos, brotavam, por todos os lados, traficantes armados de escopetas, pistolas 765 e revólveres 38. Utilizando o elemento surpresa, avançaram pelos flancos encurralando o grupo de Chambinho. A maioria de short, sem camisa e pés no chão. Fecharam a rua enfileirando-se, as gangues rivais, uma de frente para a outra. Todas as armas apontavam para nós. Num segundo, imaginava-me numa cena de filme. Um segundo depois pensava: “Eu não estou aqui e isso não está acontecendo!” Enquanto todos acompanhavam o episódio, estáticos, o chefão rival berrava — Cadê o Dé, cumpadi? Vou passar ele, meu irmão! Esse Dé pertencia ao grupo de Chambinho e arranjara uma encrenca com o pessoal do Karatê, quase provocando uma guerra, por causa de uma mulher.

Calu já se preparava para pular dentro da birosca, pegar sua escopeta e iniciar a batalha. Eu tentava entender o que estava acontecendo e, por um segundo, pensei em como me safar da situação, mas não tinha para onde correr. Para sorte nossa, Chambinho era um traficante "diplomata" e, numa manobra espetacular, intercedeu em favor da paz. Argumentava — Que é isso, cumpadi? Todo mundo aqui é bandido! A gente não pode brigar entre a gente! E, enquanto falava, numa performance fantástica e uma rapidez estonteante, apertava baseados e oferecia aos rivais. Logo, logo, todos estavam fumando, a tensão foi se diluindo e as armas ficaram em segundo plano. Pude então perceber o real sentido das palavras "surpresa" e "alívio". Foram alguns minutos de tensão que pareceram horas! As coisas se acalmaram, o grupo rival foi em direção ao sul e eu ao norte.

Desisti da festa. Voltei para casa, e minha mãe não entendeu coisa alguma. Nunca fui dormir tão cedo! Minutos após me deitar, senti uma tremenda febre invadindo meu corpo. Febre emocional. Overdose de adrenalina. Dormi.

Velas. Muitas velas acesas em volta do meu corpo estirado no asfalto. As pessoas se aglomeravam e as lágrimas de minha mãe queimavam minha face gélida. Um choro muito doído irrompia de sua alma atormentada. Queria consolá-la e dizer — Mãe, eu não morri! Mas meu corpo estava inerte. A voz não saía. Aquela cena, que algumas vezes havia presenciado, assombrava agora minha cabeça. Acordei assustado! Que noite...

TIRO NO PAU

O Comando Vermelho, segundo o jornalista Carlos Amorim, surgiu no presídio da Ilha Grande no final dos anos 70. A Ditadura Militar, no intuito de desmoralizar os presos políticos, misturou-os com os presos comuns. Chegando ao cárcere, tiveram que se impor ao então chamado Xerife, que comandava o território. Muitos desses subversivos tinham passado por formação acadêmica e treinamento de guerrilha. Tinham uma capacidade extraordinária de comando e organização. Não iriam se submeter a qualquer um. Foram presos porque enfrentaram o Estado e não tinham medo de confronto. Conseguiram controlar o Xerife, dominar a situação, e os bandidos aprenderam a se organizar. Começaram, então, a estabelecer regras para o crime com o lema: paz, justiça e liberdade. Nascia a Falange Vermelha, logo rebatizada de Comando Vermelho.

Os muros da Cidade de Deus começaram a ser estampados pela sigla CV e os conflitos diminuíram. Para tudo tinha que se pedir autorização. Ninguém podia invadir territórios ou matar sem o aval do Comando Vermelho.

Quando não existia a organização do CV, era cada um por si no tráfico. Havia vários conflitos entre pequenos grupos. Se alguém fosse preso ou morresse, qualquer um poderia tomar conta do seu ponto de drogas, inclusive grupos de outras favelas. Para impedir que forasteiros invadissem a Cidade de Deus, algumas vezes, grupos distintos se uniam para combatê-los.

Calu participou de alguns confrontos no início dos anos 80. Em um desses tiroteios, enquanto atravessava uma pinguela que o levaria dos apartamentos para as casas, sente um impacto e cai. Viu o sangue escorrendo, mas não conseguia identificar o local do ferimento. Enquanto tentava achar o furo da bala e procurava entender o que tinha acontecido, um forte cheiro de pólvora começava a impregnar o ar. Os tiros não cessam, e Calu ouve o zunido das balas ricocheteando ao seu lado. Quando se vira, é surpreendido por um desafeto atirando em sua direção, impiedosamente, tentando ceifar sua vida. Por mais incrível que possa parecer, todas as balas tomam outro destino que não o seu corpo. A incompetência do inimigo dá chance ao instinto de sobrevivência. Num momento de fúria e luta pela vida, Calu pega a arma e atira de maneira certeira. Imediatamente o outro cai.

Com muita dificuldade, levanta-se, pula um muro desconhecido e fica aguardando os acontecimentos. Silêncio... vozes... é a polícia! Sua adrenalina está a mil. Espera que algum policial avance sobre o muro e o pegue. Tem a arma apontada para o alto com intenção de atirar no primeiro que aparecesse. Não iria se entregar. Sentia a presença muito próxima do soldado e que somente aquela parede os separava. Vozes...outras vozes... ninguém se atreve. Incrível! Sobreviveu mais uma vez. Felizmente, desistiram da busca.

Calu, então, procura em seu corpo o buraco da bala. Não acredita! A "filha da puta" tinha atravessado seu "pau". O sangue jorrava abundante de seu membro tão estimado. Precisava de socorro médico urgente.

Conseguiu atendimento em um hospital público e foi inquirido pelas polícias militar e civil várias vezes a respeito da história suspeita. Era muito inteligente e não caiu em contradição. A polícia teve que o deixar em paz. No hospital, Calu descobrira que o tiro havia atravessado seu pênis, tornando seu caso extraordinário. Nunca ouvimos falar em tiro no pau. Todavia parece que a coisa não foi tão grave, porque, anos depois, contrariando todas as expectativas, Calu ainda foi pai.

HERÓI POR ACIDENTE

Calu continuava gerenciando a boca, ocupando agora posição de maior *status*. Apesar de profissional do crime, era um cara bastante respeitador, educado, prestativo e sempre solicitado pela vizinhança e amigos, na hora de solucionar problemas domésticos. Fazia serviço de mecânico, bombeiro, pedreiro, eletricista e mais alguma coisa. Arranjava solução para tudo! Se não havia peça ou ferramenta, ele improvisava.

Nas madrugadas de inverno, poucas pessoas ficam na rua. Calu e um amigo estavam em casa cheirando cocaína, até que o pó acabou e resolveram dar uma volta. Caía uma chuva muito fina e a rua estava mais vazia e silenciosa que o normal. Enquanto caminham sem expectativa de novidade, ouvem um estrondo que os faz recuar. Seria a polícia? Invasão de algum grupo rival? Silêncio. Nenhum ruído ou movimentação estranha. Avançam. Logo percebem um movimento perto do rio. O pessoal do tráfico e os curiosos começaram a se aglomerar. Aproximam-se um pouco mais e percebem um Fusca afundando nas águas escuras e fétidas do rio poluído. Vários pretendentes a herói começam a tirar a roupa para mergulhar. Entretanto, ao sentirem a baixa temperatura da água e o mal cheiro, foram se recolhendo. Percebendo a morosidade no socorro, Calu entrega a carteira com seus documentos a alguém e insiste na árdua e gelada tarefa. Cautelosamente vai adentrando o rio imundo. Pouco tempo depois puxa o primeiro resgatado. Volta às águas e traz o segundo e o terceiro. Falta o neném! Alguém grita beirando o desespero. Apesar de esgotado, Calu é incapaz de deixar um bebê se afogar. Retorna ao rio gelado e escuro, vai tateando com os pés... tenta com as mãos... e não consegue encontrar. Presume que o bebê esteja no fundo do carro. Vai ter que mergulhar! Pondo em risco sua saúde, vai mergulhando e tateando. Consegue sentir uma forma humana em suas mãos. Bastante volumosa para uma criança... aliás, muito volumosa! Arrasta o corpo inerte, derrotado pela força da água e o coloca a salvo no chão. O "neném" era um homem enorme que quase leva a cabo a vida dos dois. Presta os primeiros socorros, fazendo-o devolver a água engolida ao rio. O homem, cujo apelido era Neném, recupera os sentidos. Volta à vida. E, sem que tivesse tempo de agradecer, é levado ao hospital.

Calu sentiu pela primeira vez a emoção e o prazer de salvar vidas. Um pouco comovido e demonstrando uma certa preocupação comentou — Cara, o diabo deve estar muito puto comigo!

RIO DO JACARÉ

Quando o verão chegava, o sentimento de euforia dominava nossos corações. Era tempo de férias, festas, dias longos e cheios de luz, gente pelas esquinas, bares e tempo de encontrar os amigos na praia. No Rio de Janeiro, a praia é o lugar mais democrático do mundo. Corpos quadrados, redondos, avantajados, minguados, transformados, debilitados ou esculturais se confundem e se aceitam, naturalmente. Todos despidos de roupas e títulos. Não é necessário dinheiro para frequentar. Todas as tribos se encontram e se misturam lá. São intelectuais, guardadores de carros, surfistas, artistas, doutores, políticos, professores, estudantes, crianças, pescadores, garimpeiros, praticantes de frescobol, *beach-tênis, kitesurf, bodyboard, stand up, skimboard,* vôlei, futebol, altinha, futevôlei, vendedores de coco, amendoim torrado, artesanatos, cangas, óculos, chapéus, biquínis, filtros solares, bronzeadores, queijo assado, camarão, milho cozido, brinquedos, pipas, cuscuz, esfihas, sanduíches, empadas, picolés e os tradicionais biscoitos de polvilho, que só combinam com o folclórico mate da lata. Todos anônimos e bem-vindos.

Bem menos frequentada, nos anos 70, a Barra da Tijuca ostentava a fama de ser perigosa para o banho por causa do mar aberto, suas fortes correntezas, próximas à areia, e a ausência de salva-vidas. Era bem selvagem e deserta, à noite, atraindo aquelas pessoas que precisavam se amar incognitamente. No bairro, existe uma rua que até hoje chamamos de "Rua dos Motéis". Todos enfileirados e convivendo, harmonicamente, um ao lado do outro. Suas luzes coloridas e piscantes chamavam muito a atenção de quem passava por lá e contrastavam com o ambiente bucólico. O programa do motel era somente para as pessoas maiores de 18 anos, porque precisava ter carro e dinheiro para pagar. Nós, adolescentes, só frequentávamos a Barra da Tijuca durante o dia mesmo. Ônibus era uma dificuldade! E ainda é! Poucos, lotados, mal-conservados e levavam uma eternidade para chegar ao ponto, onde os aguardávamos ansiosamente. Depois de conseguirmos nos acomodar lá dentro, como numa lata de sardinhas, demorava mais tempo ainda para chegar à praia e despejar aquela multidão. Então descobrimos e trocamos o ponto de ônibus pelo ponto de carona.

O pessoal da CDD ficava em frente ao casarão da antiga Fazenda do Engenho d'Água, bem no início da atual avenida Ayrton Senna. Ficávamos esperando alguém que atendesse nosso apelo traduzido por aquele sinal internacional com o polegar indicando a direção que precisávamos seguir. Não era difícil conseguir carona, porque ainda não tínhamos uma situação de violência tão grave como a de hoje. As alternativas de transporte, para quem nunca tinha grana, eram a bicicleta ou a pé mesmo pelos oito quilômetros que nos separavam da praia. Pranchas de fibra eram somente para os mais abastados. Não dava para levar no ônibus lotado ou marchando pela avenida Ayrton Senna. Para levar a prancha de bicicleta, precisava de uma engenharia tão complicada que, apesar da simpatia pelo surfe, preferi aderir a outro esporte aquático: o jacaré.

Como já mencionei, eu e meu irmão mais velho aprendemos a pegar jacaré, na praia do Leblon, quando eu tinha cinco anos de idade. Nossa iniciação foi com meu tio Mauriene, que adorava o esporte e era um exímio praticante. O jacaré exige como pré-requisito um bom preparo físico e uma boa performance como nadador. Depois precisa atravessar a arrebentação e ter a percepção do tempo certo, em que a onda vai quebrar e impulsioná-lo o mais longe possível para aproveitá-la ao máximo. É muito importante conhecer as correntes, os ventos, observar os bancos de areia, onde se formam as melhores ondas e ainda servem para o descanso e orientação sobre a maré. Diga-se de passagem, a prática do jacaré na Barra da Tijuca exige um melhor preparo físico, porque as ondas, ao contrário da zona sul, quebram bem longe da areia.

O primeiro grande desafio é atravessar a arrebentação. A sensação é de grande conquista. Tem de ter força no braço! Quem não conseguia alcançar o intento ficava com um gostinho salgado de derrota. Ninguém queria isso, pois já tínhamos a sensação de termos nascido derrotados. Ao fim dessa difícil travessia, na última onda, a sensação é maravilhosa. Você vai ao encontro dela dando braçadas e a água o levanta bem alto como num voo. Quando você desce, a sensação é de estar aterrissando de cara para o horizonte em meio aos surfistas, atobás, gaivotas e fragatas. Finalmente, o mar concede aquele lugar de descanso, e ainda podemos sentir uma chuveirada de água salgada maravilhosa lançada pela onda, como um prêmio pela conquista. Chegamos ao lugar onde o mar é mais calmo e generoso. Você pode boiar ou descansar um pouco no banco de areia, enquanto observa o horizonte e espera uma boa onda. Alguns praticantes deslizavam numa linha reta em direção à areia. Outros preferiam pegar a onda em diagonal como os surfistas, que era o meu caso. O jacaré era prêmio, diversão, voo e liberdade.

Férias de verão, acordávamos, às nove horas, e era o dia todo na praia até o sol se por. Praticávamos o jacaré por volta de uma hora, saíamos, descansávamos e voltávamos ao mar. Quando batia a fome, pegávamos mariscos nas pedras do Quebra Mar, colocávamos numa lata de tinta, proveniente das obras na Barra da Tijuca e cozinhávamos numa fogueira que fazíamos nas próprias pedras. Nem precisava adicionar água, pois ela brotava dos mariscos em contato com o calor do fogo. Como mágica, a água ia subindo com aquela espuma na medida em que o calor aumentava. Quando secava, estava pronta a iguaria.

Na ausência dos mariscos, fazíamos vaquinha e íamos à única padaria próxima. Pedíamos pão, mortadela e, quando dava, um refrigerante. Comíamos e rumávamos de volta à praia e ao jacaré.

Eu era o mais abusado e, certa vez, passei um sufoco. Cheguei cedo, ansioso pelas ondas, parei no primeiro lugar que se vê mar, em frente à atual avenida Ayrton Senna, que naquela época era chamada de Via11. O mar estava tranquilo para mim, pois as ondas estavam no modo do vento norte, que chamamos de "terral", ou seja, não quebravam repentinamente e sim, aos poucos, criando a possibilidade de maior controle e mais tempo deslizando sobre elas. De frente para o mar deserto e dominado pela ansiedade, eu me atrevi e entrei sozinho.

Após algumas ondas, senti que o mar estava virando, mas insisti numa nova travessia da arrebentação. Faltava pouco, porém não conseguia chegar ao banco de areia. Vinham muitas ondas grandes e numa sequência muito rápida. Olhava para trás e via a praia pequenininha. Ninguém me via e não existia guarda-vidas no local. Era melhor continuar tentando atravessar, porque o banco de areia estava mais próximo que a areia da praia, e eu já me encontrava exausto. Continuava nadando, insistentemente, e não saía do lugar. Não conseguia transpor a última onda para alcançar o banco de areia e não tinha condições de voltar à terra firme. Cansei. Derrotado pela força poderosa do mar, resolvi me entregar. Virei de costas para boiar, fiz o sinal da cruz e desisti. Já me sentia morto. Não tinha mais esperança de sobreviver. Adeus, mundo cruel! Nesse momento, uma onda me embrulhou, encaixotou e fui ao fundo rodando como se estivesse num liquidificador. Parecia uma eternidade. Era o fim. De repente... senti que meu pé tocou a areia... milagre! Era um banco. Ressuscitei. Descansei um pouco e, dessa vez, como estava mais perto da orla, nadei em direção a ela. Relaxei, aliviado, por mais ou menos meia hora, e podia sentir o corpo todo dolorido pelo esforço da luta pela vida.

Estava muito cedo e não queria voltar para casa. Nem tinha encontrado meus amigos ainda. Peguei a bicicleta e pedalei até a Praça do Ó, onde muitos jovens de várias tribos costumavam se reunir na praia. Ao chegar lá, encontrei o mar já menos revolto e a galera da CDD. Desconhecendo que eu acabara de "ressuscitar" e sabendo da minha devoção ao jacaré, desafiaram — O mar tá grandão hoje, Sussu! Quero ver você entrar! Depois do sufoco com as ondas gigantes, que quase me engoliram, sorri, corri para a água e todos me seguiram. Foi a festa do jacaré.

PASSEIO DE CAMBURÃO

Gávea, maio de 1977, por volta das 20 horas. Conversava com um colega sobre a palestra para comerciantes e vendedores que acabáramos de assistir, no Clube Mourisco, em Botafogo. Nosso objetivo era pegar um ônibus e voltar para casa. Tentávamos nos aprimorar em nosso trabalho de vendas, pois vivíamos disso. A poucos passos do ponto final do ônibus 555, Gávea-Cidade de Deus, passamos pelo camburão parado em nosso trajeto sem preocupação alguma. De repente, ouvimos o chamado dos PMs e nos dirigimos a eles com a inocente tranquilidade dos sem-culpa. Quando nos aproximamos, vieram as clássicas perguntas:

— Estão vindo de onde? Estão indo pra onde?

— Cidade de Deus, respondeu pronta e inocentemente meu colega.

Nem tive tempo de adverti-lo sobre a reação preconceituosa que a resposta poderia causar nos policiais.

No mesmo instante, como se tivéssemos pronunciado uma senha de acesso, os policiais abriram a caçamba do camburão e nos meteram lá dentro! Entrei animado pela curiosidade de saber como era o interior do veículo. Era tudo de ferro, duro e gelado. Um banco comprido de cada lado e uma grade no vidro traseiro para evitar fugas durante o trajeto. Ainda despreocupados, achando que seríamos logo liberados, divertíamo-nos com a nova experiência de passear de camburão. No início, estava vazio, mas logo começaram a entrar mendigos e marginais de todos os tipos. A brincadeira começou a ficar sem graça conforme o número de participantes foi aumentando.

Finalmente, por volta de meia-noite, chegamos à 13ª DP, em Copacabana, ironicamente localizada na Rua Hilário de Gouveia. Nem entramos na delegacia: saímos em fila indiana, direto para o "Coração de Mãe", um enorme caminhão para transportar presos. Os transeuntes nos olhavam com desconfiança e medo. Agora, já bastante assustado, tentava me explicar para o policial, que anotava os nomes das pessoas que entravam no veículo, sem se distrair com qualquer outro assunto. Tudo era muito rápido e mecânico e ele nem me deu ouvidos. Entrei, adentrei, fechei-me em mim, criando uma espécie de escudo protetor invisível. Bloqueei o mundo exterior e, agora, não falava mais nem com meu colega. Na hora de me acomodar, no escuro, acabei por sentar-me na perna de um malandro que tentou arranjar confusão comigo, mas eu já sabia como reagir. Por conta da minha experiência com os malandros da CDD, levantei a voz do jeito que aprendi a me defender nessas situações. O malandro voltou a sentar quietinho.

Segui calado e protegido pelo meu escudo invisível. Dentro da enorme câmara escura mal conseguíamos nos enxergar. Havia somente uma pequena fresta no alto, por onde víamos as árvores e os prédios passarem. Pensava na preocupação da minha mãe e no rigor do meu pai. A cada leva de presos que chegava, a porta se abria, a luz entrava e, a enorme e espessa nuvem de fumaça dos cigarros se elevava, escapando do caminhão. Essa fumaça tóxica envolvia as pessoas próximas à porta, provocando um grande incômodo respiratório. O policial gritava — Parem de fumar aí dentro, porra! E o Coração enchendo! E o tempo passando!

Horas depois, já na madrugada, o caminhão partiu. A porta se fechava, eu me fechava calado em meu escudo, e lá vinham as histórias em meio à completa escuridão. Um tinha matado não sei quantos, o outro perguntava se ele via os fantasmas dos mortos, alguns planejavam o próximo assalto, contavam vantagens, enquanto outros vomitavam!

Alguns que já conheciam o itinerário, iam brincando de adivinhar as manobras. "Vai virar à esquerda!" E virava mesmo. "Vai virar à direita!" E novamente acertava. "Vai frear!" E não é que freava mesmo? Incrível!

Chegamos a mais uma delegacia, ao lado do Palácio Duque de Caxias, no centro do Rio. Eu, já conformado com a ideia de ser um presidiário, pensava: "Agora eles devem colocar a gente num barco, e levar pra Ilha Grande." Quando a porta se abriu, um grupo de policiais civis nos esperava ansiosos. Parecíamos um presente para eles. Vários presos já saíam do caminhão apanhando e um dos contadores de vantagens foi violentamente espancado. Eu, aterrorizado, tentava passar despercebido e manter a calma.

Veio a triagem: — Quem foi preso pelo camburão preto e branco para um lado! — Azul e branco para o outro! Joaninha preta e branca! Joaninha azul e branca! Quem foi preso com maconha? Silêncio... — Não adianta se esconder senão vai ser pior! Gritava o policial. Do bando de quase cem homens presos, saiu o único maconheiro.

— Quem foi preso por roubo? E assim sucessivamente. Formaram-se novos grupos a partir de seus delitos. Obviamente, não me encaixei em nenhum deles.

Finalmente alguém me perguntou: — E você? O que está fazendo aqui? Puxei minha carteirinha de estudante do Ensino Médio. Eu tinha 16 anos. O policial civil, num gesto de repreensão aos policiais militares, balançou a cabeça e me colocou no grupo dos inocentes, que eram uns doze.

Acreditei que, agora, eles, os policiais, iriam me pedir desculpas, me levar para casa e dar uma explicação aos meus pais. Que nada! Para sair de lá, os inocentes tinham que passar por um longo "corredor polonês" com aqueles policiais grandalhões espancando todo mundo. Eu, como era jovem e praticava esportes, consegui passar tão rápido que não levei um tapa sequer. Íamos passando pelos cacetetes e nos dispersando lá fora.

Estava muito apertado para ir ao banheiro, depois de passar nove horas nessa situação de terror, e o primeiro paredão que vi, parei para urinar. Enquanto despejava litros de urina, olhei o relógio da Central que marcava cinco horas da manhã em ponto. O dia começava a clarear. Um avermelhado de nuvens tingia o céu emoldurando o relógio, que parecia mais branco. Era bonito. Já aliviado e calmo, levantei o olhar acima do paredão sobre o qual urinava. Meu Deus! Dei de cara com a estátua do Duque de Caxias. O próprio: o Patrono do Exército Brasileiro. Podia ser preso outra vez! E agora com motivo: por ato obsceno e violação de sepultura. Aliás, eu me perguntava, intrigado, onde estaria aquele guarda que sempre toma conta da estátua do Caxias e de seus restos mortais. Até hoje não entendo. Sei lá... talvez tenha saído para mijar.

Ao chegar à casa, depois de quase uma hora dentro do ônibus, meus pais estavam saindo para trabalhar, e minha mãe perguntou preocupada: — Estava onde, seu filho da puta?

Em poucos segundos, raciocinei que não valia a pena falar a verdade, porque iria atrapalhar a saída deles para o trabalho. Mais alguns segundos e pensei nas muitas perguntas que me fariam. Talvez desconfiassem que eu tivesse feito algo errado, porque as pessoas sempre desconfiam dos jovens. Com receio de ser julgado e condenado, menti porque se falasse a verdade, teria que responder a um batalhão de perguntas e não conseguiria dormir. Então, para evitar problemas, respondi prontamente: — Estava numa festa. E, caí na cama.

BAILES, DROGAS E MARGINAIS

A CDD é uma favela fortemente marcada pela cultura afro-brasileira e com muitas agremiações ligadas ao samba. Vários blocos carnavalescos se formaram desde a primeira leva de moradores que chegaram em 14 de fevereiro de 1966. Tinha o Bloco dos Anjinhos, o Estrela da Lata, o Garimpeiros, o Chorão da Barra Limpa, o Luar de Prata e o Segura a Gente, na Quadra15, que deu origem a nossa escola de samba Acadêmicos da Cidade de Deus, hoje G.R.E.S. Mocidade Unida da Cidade de Deus. Eu era mais ligado à cultura nordestina e totalmente desconectado do samba, mas havia um dia, no meio da semana, em que eu era seduzido pela força dos tambores, mesmo sendo um universo estranho para mim.

Naquelas noites, em que a CDD estava mais calma e mais silenciosa, porque os trabalhadores se recolhiam cedo para encarar a labuta do dia seguinte, eu ouvia o chamado deles. Aquela força do batuque batia no fundo da alma e me levava até eles, os tambores. Adentrava a quadra de samba e me posicionava ao lado da bateria para sentir melhor sua vibração. Ficava parado observando as pessoas sambando e apreciando a batucada, composta somente por instrumentos de percussão. Gostava de sentir o ritmo orquestrado pelo Mestre de Bateria e seus movimentos indecifráveis para mim. Apreciava, mas não permanecia por muito tempo, porque aquele não era o meu lugar e eu me sentia parte da turma do *Rock and Roll*.

A casa da Baixinha era nosso ponto de encontro para ouvir música, descolorar os cabelos, fazer festas, namorar e sair em bando. Todos misturados, cocotas, *blacks* e bandidos.

O baile de domingo era o evento mais importante da semana e exigia um ritual que tinha início no sábado. Íamos juntos, pela manhã, aproveitar a praia no verão, e voltávamos à tarde, para almoçar aquele prato à imagem e semelhança das montanhas do Rio de Janeiro. Passávamos o dia inteiro sem comer porque não tínhamos dinheiro. Achávamos ridículo levar comida para a praia e quem praticava esse "delito" era chamado de farofeiro e era discriminado. Passávamos fome e nos alimentávamos do orgulho de não sermos farofeiros. O objetivo da praia era encontrar os amigos, praticar algum esporte e adquirir um bronzeado intenso. O bronzeado era imprescindível para o baile e quanto mais moreno melhor. Os cabelos que pareciam parafinados, pois o surfe estava revelando seus primeiros expoentes, na verdade eram clareados com água oxigenada, porque a parafina que passávamos nos cabelos demorava demais para fazer o efeito que pretendíamos e não podíamos esperar. Tínhamos pressa.

No domingo, munidos de um belo e intenso bronzeado e uma cabeleira aloirada, nos enfiávamos na melhor roupa que tivéssemos, nos juntávamos ao grupo e partíamos para o baile. Íamos para encontrar os amigos, dançar e namorar. Geralmente o evento era nos clubes e o meu preferido era o do suburbano Cascadura Tênis Clube. Ficávamos conversando na parte externa, enquanto a música alta rolava, na parte coberta, animando os dançarinos. Quando nos interessávamos por alguém, a conversa parava. Na hora da música romântica, entrávamos para convidar a garota com quem queríamos dançar. Entremeando a música romântica americana, tocava muito *rock* estrangeiro e pouco *rock* nacional.

Raríssimas vezes tivemos o prazer da companhia de Bené nos bailes, pela situação de risco para ele. Foi na praia que o conheci, local não menos arriscado, porque não há lugar seguro para quem está na vida do crime. Ele era baixo, rechonchudinho, cicatriz no abdômen, que ia do peito ao umbigo, revelando o estrago que um tiro poderia nos fazer. Shortinho, camisa florida, gingado estilo Mick Jagger, Bené era disputado por várias mulheres, entretanto vivia, na Quadra 15, à beira do rio, com sua mulher oficial. O rio dividia a Q15 do Karatê, área dominada por seu concorrente no negócio das drogas.

Nesse período, eu era mascate e comprava roupas em São Paulo para vender na favela. Meu maior cliente era o Bené e, numa das vezes em que fui mostrar umas novidades, estava rolando um jogo de ronda no quintal, bem nos fundos de sua casa. Um pano estirado no chão para apoiar as cartas e os malandros de cócoras, em volta, completavam o cenário. Bené entrou em casa para experimentar as roupas. Muito desanimado, disse que não ia comprar nada, pois tinha perdido todo o dinheiro no jogo. Enquanto ele experimentava umas camisetas, Fininho entrou em casa também. E Bené reclamava: Pô, Fininho, esses caras tão me roubando, perdi dinheiro à pampa, aí! No que Fininho retrucou — Que nada, Bené, me empresta esse oitão cano longo, e vamos recuperar esse dinheiro, porque eu também fiquei duro!

Essa arma era comprida, aproximadamente meio metro, e Fininho, como o apelido sugere, era bem magro, o que tornou a cena um tanto cômica. Fininho teve a grande ideia de assaltar o jogo de ronda. Como todo mundo sabe, jogo é coisa sagrada no meio da malandragem. Não é que ele conseguiu convencer o Bené? Numa atitude combinada, voltamos todos para assistir ao jogo como se nada fosse acontecer. Fininho, que tinha ficado lá dentro, aparece, de repente, com aquela arma quase do seu tamanho gritando — Aí, não adianta, cumpadi, bota o dinheiro no chão! Quem dizia que não tinha dinheiro, ele mandava arriar o *short*, a cueca, e o dinheiro aparecia. Ao vê-lo expulsar o pessoal da casa e acabar com o jogo, controlávamos o riso. Minutos depois, comentávamos o fato, às gargalhadas, enquanto fumávamos um enorme baseado. Bené experimentava e comprava as roupas, feliz da vida, e nós compartilhávamos de sua alegria.

Bené fugia ao estereótipo do bandido. Sempre de bom humor, não andava armado. Quando precisava atirar em alguém, pegava a arma de quem estivesse por perto. Preferia dar tiro na bunda, pois não fazia questão de matar. Era muito querido na favela. Muito simpático! Com a gente, então, seus amigos, nem se fala! Na praia, comprava o tabuleiro inteiro de cuscuz e distribuía entre todos. Maconha rolava à vontade. Sem miséria!

Eu frequentava o condomínio onde meu amigo Pé de Rodo morava, no Pechincha. Ele, por sua vez, estava sempre na Cidade de Deus e foi lá que nos conhecemos. Nesse condomínio, moravam alguns rapazes metidos a *bad boys* e, em certa ocasião, arrumaram uma briga comigo, pois tinham ciúmes das garotas locais. A irmã berrava de um lado — Vem da Cidade de Deus pra arranjar briga aqui com meu irmão! O pai desceu com uma arma para me intimidar, mas, no final, entramos num acordo e ficou tudo bem.

Tudo bem, nada! Não é que o tal *playboy* metido a *bad boy* estava armando uma emboscada para mim? Graças ao aviso do Pé de Rodo, escapei. Mas não queria deixar de frequentar a casa do meu amigo, pois, lá, sentia-me em família. Tinha que dar um jeito de acabar de vez com a situação. Contei aos amigos o que estava acontecendo e, imediatamente, Bené se ofereceu para ajudar. Combinamos que, no próximo fim de semana, iríamos juntos ao condomínio pedir satisfações aos causadores da discórdia.

Era inverno e caía aquela chuva muito fininha e gelada. Mas compromisso é compromisso! E fomos assim mesmo embaixo d'água. Éramos uns 15 jovens marchando na chuva pela Rua Retiro dos Artistas. Bené que usava uma capa e capacete de peão de obra ia à frente do grupo como um general, mas morrendo de rir daquela situação, para ele, tão simplória. Era como se fosse resolver um problema com as crianças do Jardim de Infância.

Após uns 30 minutos de caminhada, chegamos ao dito condomínio. Ninguém apareceu na rua. Com as poucas pessoas que encontrávamos, Bené avisava — Aí, tô sabendo que tem uns playboys querendo pegar o pessoal da CDD. Avisa pra eles que, se tentar, o bicho vai pegar! Tudo resolvido! Ninguém tocou mais no assunto, podia namorar quem eu quisesse e continuar frequentando a casa da família do Pé de Rodo. A paz voltou a reinar. Era muito bom ter o Bené como amigo.

Jarú era um jovem bandido independente que teve um desentendimento com o Zé Pequeno, parceiro de Bené no negócio das drogas. Desentender-se com o Zé era um problema muito sério, mas Bené intercedeu a seu favor e não deixou que o matassem. O bando pedia — Mata ele, Zé! E o Bené — Não, alivia o cara! Vai embora logo, cumpadi! Rapa fora! E Jarú foi. Foi-se embora.

Roupas, panelas, sapatos, gaiolas, passarinhos, papagaios, pintos coloridos, micos, discos, cabeças de porcos, linguiças, peixes, tudo isso, entremeado por legumes, frutas e verduras, compunha a enorme e famosa feira de domingo na rua Israel. Era a tarde do dia 1º de janeiro de 1978. Feriado. Não tinha feira. A rua estava deserta. Bené, Zé e um outro comparsa vinham de uma das residências não fixas em direção aos apartamentos. Tinham acabado de comer um mocotó, o que fez a rua parecer mais longa e mais difícil de atravessar, debaixo daquele sol escaldante.

Feliz e simpático como sempre, Bené ainda teve tempo de cumprimentar algumas poucas pessoas com quem cruzou. Gostava de rir. Estava sempre rindo. Andava pela rua, despreocupado, quando Jarú saiu de uma viela e desferiu vários tiros em direção ao bando. Barulho, fumaça, gritos, correria e Bené cai com um único tiro que lhe atingiu a virilha. Em meio à confusão, Jarú foge. Na verdade, sua intenção era acertar o Zé Pequeno, mas foi

Bené a única vítima. "Bené morreu! Bené morreeu! Bené morreeeu!" A notícia ecoou. Todos chocados. As mulheres choravam como viúvas e eu, pela primeira vez, me senti desamparado. Bené morreu. Ele tinha somente vinte anos.

As mais diversas tribos se encontraram no velório. Parecia o velório de um *pop star*. Uma grande despedida à altura de seu carisma e simpatia. Cerca de duzentas pessoas compareceram, mas a capela não comportava tanta gente. Os grupos foram ocupando o entorno. Alguns jogavam ronda sobre o esquife, mas, em respeito ao morto, as apostas não valiam dinheiro e sim tapas nas mãos. Eu me juntei ao pessoal que se reunira na escadaria do Banco do Brasil. Éramos uns quarenta jovens maconheiros fazendo fumaça a noite inteira e relembrando histórias vividas com Bené. Ao contrário do cemitério, onde havia policiais e várias viúvas se descabelando, ou melhor, umas descabelando as outras — o velório foi tranquilo. A polícia não se fez presente, ninguém brigou e o ambiente foi dominado por um clima de paz. Parecia até que os anjos presenciavam o evento. A manhã foi invadindo o espaço enquanto a tristeza invadia nossos corações. Cada um foi tomando seu rumo, pressentindo a reviravolta.

Adeus, proteção. Adeus, fartura. Adeus, inocência. Adeus, Bené.

ÚLTIMO SUSPIRO

Após a morte do Bené, eu continuava em contato apenas com Calu, que me trazia notícias sobre a guerra do tráfico. De vez em quando, chegavam aos meus ouvidos péssimas notícias sobre velhos conhecidos.

No início dos anos 80, com a invasão da cocaína, Calu me contava que Zé Pequeno planejava expandir seu império de narcóticos para além da Quadra 15, invadindo as outras bocas de fumo na própria favela. A resistência foi muito forte e instalou-se um verdadeiro caos, com uma grande guerra entre as quadrilhas locais, que não cabia na pequena Cidade de Deus. Transbordou para a mídia nacional e internacional. Muitas pessoas culpadas e inocentes morreram, foram presas ou fugiram. Era a guerra pela conquista de novos territórios.

Zé Pequeno já estava na vida do crime, atuando como caxangueiro, quando se desentendeu com um traficante do morro em que residia no centro da cidade. Foi obrigado a fugir e veio se exilar na Cidade de Deus. Fez um acordo com o Bené e passou a dividir com ele a administração do negócio das drogas na Quadra 15. Seu nome começou a circular pelas ruas e, mais tarde, na imprensa.

Ficou famoso... e a fama passou a ser inimiga de Zé Pequeno. Para os pobres fora da lei, a fama é um prenúncio do fim. Foi preso e, depois de solto, obrigado a optar pelo exílio em outras favelas. Com sua ausência, a CDD, viveu uma aparente paz. Os traficantes da Quadra 13, chefiados por meu antigo colega de escola, o Linho, agora, tomavam a área dos apartamentos e ampliavam seu território de atuação.

Natal. Meados dos anos 80. Zé Pequeno, ainda no exílio, pede uma trégua e um encontro de negociação. Proposta aceita. Marcaram na subida do único morro pertencente aos apartamentos. Zé apareceu, com poucos comparsas, e seus rivais da Quadra 13 o aguardavam em menor número e tranquilos, por estarem em seu território. A proposta do Zé era de aliança.

Calu contou-me que, uma vez reunidos no terreno descampado, deram início aos trabalhos. De cócoras, num círculo em torno de si mesmos e somente a imagem de São Jorge a testemunhar tudo. Enquanto Zé fala com sua voz esganiçada, todos ouvem, atentamente, e concordam com suas argumentações. O espírito do Natal impera, e todos estão felizes com o acordo selado entre os antigos rivais.

O grupo começa a relaxar e outros assuntos tomam conta da conversa. Trocam informações sobre armas. Calu, ainda ferido pelo último combate, e Linho trocam um discretíssimo olhar de cumplicidade. Linho pede a 45 de Calu, a pretexto de mostrá-la aos companheiros. A arma passa de mão em mão e, subitamente, alguém alveja, à queima roupa, a barriga de Zé Pequeno sem dar-lhe chance de defesa. Um barulho ensurdecedor domina o ambiente. Enquanto seu corpo voa no ar com o impacto do projetil, uma intensa troca de tiros foi iniciada. Zé dispara algumas balas e consegue descer a pequena ladeira, ainda que cambaleante. Como no Natal as pessoas deixavam as portas abertas, a fim de confraternizar, Zé encontra abrigo em um dos apartamentos. Por fim, ainda consegue um pouco de paz na hora da morte, todo encolhido num sofá de uma sala desconhecida.

Após trocarem chumbo, o grupo do Zé bate em retirada. O bando de Calu, beneficiado pelo fator surpresa, vence a batalha com apenas uma baixa. Calu escapa ileso.

Está lá o corpo ensanguentado, inerte e inconveniente, ocupando o sofá da sala. Essa imagem se opõe e sobrepõe ao espírito natalino. Acabou a história de Zé Pequeno. A Quadra 13 domina de vez o negócio das drogas nos apartamentos e uma nova história começa a ser escrita.

Uma lembrança do Zé Pequeno, em especial, permanece em minha cabeça. Nos anos 70, auge de seu poder e ainda desconhecido fora da favela, eu o vi atravessando a Cidade de Deus, com mais ou menos uma dúzia de bandidos, em plena luz do dia. Situação rara, porque era difícil vê-lo pela rua. Caminhavam, apressadamente, atentos ao possível perigo que estava sempre à espreita. Vestiam conjuntos esportivos Adidas, de variadas cores e ostentavam suas armas. Enfiado em seu uniforme preto, Zé ia liderando a fila indiana que serpenteava entre quadras e becos da favela. Aquela ilusão de poder e fama desmorona, em poucos anos, e seu reinado, que parecia inabalável, cai por terra.

E foi ele, de vez, para o mundo dos mortos. Foi, rapidamente, da ostentação aos sete palmos do chão.

AEROCLUBE DE JACAREPAGUÁ

Aos 18 anos, consegui meu primeiro emprego formal na Petrobrás, servindo água e café para a diretoria. Era um trabalho bem monótono para o meu temperamento sagitariano e, quando consegui outro, sete meses depois, pedi demissão.

O segundo, no Aeroclube de Jacarepaguá, foi bem mais animado. Eu era jovem e forte, então me colocaram para lavar os aviões e suas peças. Gostava, porque o trabalho era ao ar livre, sem uniforme e sem bandeja para equilibrar. E ainda tinha um futebol dos funcionários na hora do almoço. Além de ser próximo de casa e não ter que pegar ônibus lotado, espremido e em pé, por mais de uma hora. Podia ir caminhando, correndo ou de bicicleta. Encontrei vários conhecidos da CDD que trabalhavam no setor de limpeza também. Ironicamente, quem habitava a favela, abandonada pelo estado e insalubre, só frequentava aeroporto para limpar. Uma semana depois, chegaria o Sarado, um velho conhecido meu e da malandragem. Ninguém entendia como ele chegara ocupando o cargo de auxiliar de mecânico e não o de auxiliar de limpeza.

Eu fui trabalhar no aeroclube pensando em voar pela primeira vez. Fiquei animado quando soube que, eventualmente, chamavam o pessoal da limpeza para participar de testes de voo. Aguardei, ansioso, minha oportunidade, sem me atentar para a palavra "teste" e perceber o risco que corria. Para saber se as aeronaves já estavam em condições de voar, após uma temporada no conserto, o setor da oficina mecânica promovia a seleção dos funcionários que participariam dessa avaliação.

O chefe da pintura, ao perceber que eu me interessava pela área e tinha dotes artísticos, convidou-me para auxiliá-lo. Passei a ajudar na pintura das letras nos aviões. Fiquei encantado com a nomenclatura internacional que estampava as laterais dos aviões e os identificavam assim como são as placas dos automóveis. Rapidamente decorei todas: Alpha, Bravo, Charles, Delta, Echo, Foxtrote, Golf, Hotel, Indian... e por aí vai. Adorei aprender as técnicas de desenho das letras. Usávamos apenas uma régua como gabarito para desenhar todo o alfabeto. Achava isso incrível! Gostava muito de trabalhar na pintura e só fazia isso. Até que chegaram as férias do meu chefe e, durante sua ausência, o serviço mais artístico ficara suspenso. Fui enviado ao setor da preparação para a pintura.

Não consegui permanecer, pois as condições de trabalho eram extremamente precárias. Eu trabalhava com produtos altamente tóxicos, sem luvas, máscaras ou qualquer tipo de proteção e em ambientes fechados, como a parte interna das pequenas aeronaves. Sentia-me sufocado e intoxicado. Pedi para sair do setor de pintura.

Voltei a lavar as aeronaves. Não era tão prazeroso, mas era ao ar livre e aproveitava o sol e o óleo de avião para manter o bronzeado. Existia uma lenda, nos anos 70, de que o óleo de avião ajudava a bronzear. Na verdade, servia mais para "fritar" a pele do que qualquer outra coisa.

O intervalo, nos serviços gerais, era permeado pelas brincadeiras jocosas e, sobretudo, pelos jogos de futebol entre os funcionários. Nós nos reuníamos na hora do almoço ou do lanche da tarde. Nesses horários, eu consumia de três a quatro litros de leite. Exagerava um pouco, mas era o recomendado, para anular o envenenamento causado aos meus pulmões, durante o tempo que ficara no departamento de pintura.

Sarado e eu já éramos amigos, na CDD, e, durante um certo período, íamos correndo para o aeroclube de manhã. Apesar de malandro, Sarado não fumava, não bebia e não usava qualquer outra droga que não fosse maconha. Era muito disciplinado.

Quando surgiu a notícia de uma festa no aeroclube, confirmamos logo nossa presença. Animadíssimos, Sarado e eu, colocamos nossa melhor roupa, o melhor tênis e partimos para o grande baile noturno, promovido pela elite das nuvens. Na ansiedade e inocência da juventude, fomos os primeiros convidados a chegar ao local. De cara, sentimos logo que aquele lugar não era o nosso. Nenhum outro funcionário subalterno se atreveu a ir, somente nós dois. Não nos intimidamos e adentramos o local.

Era uma festa suntuosa marcada pela presença até do Ministro da Aeronáutica. Éramos os únicos jovens do evento. Inicialmente, como não conhecíamos ninguém, aproveitamos o que tinha de melhor: comida e bebida. Era uma mesa larga e muito farta de comidas coloridas e sofisticadas. Algumas jamais vistas ou experimentadas por nós. Garçons, elegantemente vestidos, serviam-nos caviar. Mas que decepção! Parecia que estávamos mastigando areia. Lembrou-me do tatuí. Esse pequeno crustáceo, crocante e abundante nas praias cariocas não poluídas, nossas mães colocavam para cozinhar junto com arroz. Aproveitei para degustar os melhores *whiskies*. Nossa aparência e comportamento exóticos atraíram alguns curiosos. Logo estávamos enturmados e conversando sei lá o quê com sei lá quem. Eu, quase bêbado, e Sarado só no guaraná. No dia seguinte, todos ficaram admirados por termos nos divertido na festa do outro mundo.

Finalmente chegou a minha vez de voar! Era um velho Bandeirante com dez peões dentro, para fazer peso. Sentei-me logo atrás do piloto, porque queria ver tudo de perto e sentir a adrenalina. A melhor parte foi a decolagem. Eu era um pássaro levantando voo. Saí do lugar de espectador do céu para espectador da terra. Sobrevoamos a Barra e Jacarepaguá, e pude ver a Cidade de Deus de outro ângulo. Fiquei encantado com a imagem de toda a CDD pequenininha, igual as maquetes que fazíamos na escola. E, naquela meia hora de voo, pareceu que todos os meus problemas tinham se tornado tão pequenos quanto à favela vista lá do alto.

Voar é maravilhoso!

ABAIXO A DITADURA!

Havia um pesado silêncio sobre a nação desde o Golpe Militar de 1964 e, até 1979, quando o General Figueiredo assumiu o poder, nunca tinha ouvido alguém discutir ou falar sobre política. De repente, começaram a estourar greves e manifestações públicas. Expressões como: abaixo a ditadura, diretas já, anistia ampla, geral e irrestrita, golpe, lei de segurança nacional, AI-5, desaparecidos, guerrilha, presos políticos, tortura nunca mais e América Latina voltavam a fazer parte do nosso vocabulário, e começávamos a tentar entender seus significados. Aliás, a primeira pessoa que me falou de política e explicou o que estava acontecendo, no país, foi uma prima muito querida, que a família apelidara, carinhosamente, de Teté. Era poucos anos mais velha e já frequentava o curso de serviço social na Universidade Federal do Rio de Janeiro. Teté sempre foi muito inteligente e querida por todos.

Manhã de carnaval. Meu nome ecoa pelo quarto. Acordo assustado com gritos embaixo da janela. Olho o relógio tentando me situar no tempo e no espaço. São seis horas! Já consigo identificar a voz feminina. É a Teté concluí. Ainda zonzo, consegui chegar à janela antes que ela acordasse toda a vizinhança e recebi uma intimação — Se arruma rápido que nós vamos acampar na Ilha Grande! Sem hesitar, meti algumas roupas na mochila e lá fomos nós! Entrei no fusquinha que acabou completando a lotação comigo. Seguimos a caminho do porto de Mangaratiba para pegar a barca que nos levaria à bela ilha-presídio. A barca deslizava em direção à ilha que parecia avançar em nossa direção, com toda aquela natureza exuberante, capaz de encantar qualquer ser humano. Era a primeira vez que visitava a Ilha Grande e fiquei deslumbrado! Após a caminhada de uns três quilômetros, acampamos numa pequena praia deserta, próxima à Lopes Mendes. Era tanta fartura de peixes, que pescávamos nas pedras, sem isca. Era só jogar o anzol e puxar.

À noite, sob um imponente céu abarrotado de estrelas que ameaçavam desabar sobre nossas cabeças, ouvia histórias de presos políticos que haviam passado por lá. Histórias do Brasil, da América Latina, de um outro universo que até então eu desconhecia. Ali podíamos falar sobre qualquer assunto e ter apenas as estrelas por testemunha. Mergulhado na ignorância, nem imaginava que estávamos num momento aterrorizante da Ditadura, em que muita gente continuava sendo exilada, torturada e morta nos calabouços do Estado. O terror verde-oliva pairou sobre a cabeça do povo brasileiro por vinte e um anos. Mesmo naquele lugar tão escondido e de difícil acesso, chegamos a ver um grupo de cinco policiais, fortemente armados, fazendo a ronda na ilha.

A solidariedade e o respeito, entre as pessoas do acampamento, chamaram minha atenção e me remeteram aos mutirões na Ilha das Dragas. Dividíamos as tarefas no acampamento, sem preguiça e sem reclamar, porque a divisão do trabalho era justa. Não existia privilégio. A justiça é muito importante para o bom convívio social. Cumpríamos nossas tarefas, alegremente, e ninguém ficava sobrecarregado.

Sempre fazíamos uma fogueira para cozinhar, iluminar e aquecer a noite. Éramos dez pessoas, entre homens e mulheres, em volta do fogo e cantando ao som do violão. Nos intervalos da cantoria, eu ouvia histórias. Em meio a tantos relatos, descobri o que eram presos políticos e que não praticavam crimes em benefício próprio, como eu até então conhecia, mas por um ideal. Na minha fantasia juvenil, associei, imediatamente, ao *Robin Hood*, aquele personagem distante da nossa infância e com aquelas roupas exóticas da Idade Média europeia. Depois veio a lembrança do Homem-Aranha, *Zorro* e Tiradentes. Heróis que lutavam contra o mal e todos perseguidos pela polícia. Era tão injusto! Começava a compreender o que tinha acontecido com o pai de santo, presidente da Associação de Moradores da Ilha das Dragas. Contaram-me a história do grande escritor brasileiro Graciliano Ramos, preso político que ocupou uma cela da Ilha Grande na Era Vargas. Essa experiência lhe rendeu um belo relato em suas Memórias do Cárcere, editado, postumamente, em quatro volumes. Fiquei muito impressionado também com um salvadorenho que contava histórias de sua terra e se despedia, pois, em breve, iria se juntar aos guerrilheiros de El Salvador.

Essa experiência mudou minha vida. Comecei a simpatizar com pessoas que se preocupavam com o próximo e fiquei mais atento às questões sociais. Até então, só ouvia falar sobre ideias e conquistas individuais. Até a Ilha Grande, somente a palavra "eu" retumbava em minha mente. Passei a ouvir a palavra "nós".

Coincidência ou não, pouco tempo depois, no mesmo ano, os anistiados políticos começaram a retornar ao país, e histórias fantásticas foram se revelando. A "brizola", vocábulo que ecoava em minha cabeça apenas como um tipo de tóxico, foi promovido ao significado de líder político exilado, anistiado, e em breve, eleito governador do estado do Rio de Janeiro.

No momento da anistia, em 1979, quando Carlos Prestes e Leonel Brizola, dentre outros, voltaram ao Rio, foi o maior alvoroço na minha casa. Eu nunca soube, mas minha mãe era "brizolista" desde sempre. Aliás, a Cidade de Deus, em peso, era "brizolista". Mamãe ficou eufórica com o retorno de seu líder ao cenário político brasileiro e nunca mais escondeu sua simpatia pela esquerda! Parecia querer recuperar o tempo de silêncio durante a ditadura militar. Tagarelava sobre política a maior parte do tempo.

Em 15 de novembro de 1982, tivemos a primeira eleição direta para governador e Brizola foi eleito. Desde então, todas as vezes que ia votar, mamãe se paramentava com chapéu, camiseta e lenço vermelho amarrado ao pescoço, como uma autêntica brizolista.

A anistia contagiou a nação e não houve jeito de segurar a emoção das pessoas. Também fiquei contaminado pelo "vírus" da democracia e, como grande parte dos jovens da minha geração, não pude deixar de ir ao histórico show do 1º de maio, em 1980, no Riocentro. O show estava superlotado e graças a minha habilidade para driblar multidões, consegui ver bem de pertinho, pois fiquei na primeira fila em frente ao palco, no gargarejo. Só me lembro dos olhos do Chico Buarque, sentado num banquinho abraçado ao violão, cantando a música "Gota d'água". Fiquei muito impressionado. O show foi sucesso total!

No ano seguinte, o evento estava programado para se repetir, mas quando nos dirigíamos ao Riocentro, a notícia de uma bomba chegou ao ônibus em que estávamos. O trânsito e o show foram interrompidos. Voltamos para casa e buscamos curiosos mais informações, na mídia, sobre o ocorrido. Foi um escândalo, até hoje, pouco esclarecido. Soubemos que dois militares, insatisfeitos com a democracia que se restabelecia no país, tinham a intenção de detonar uma bomba durante o show. Porém a explosão se deu, no colo de um deles, quando ainda se encontravam dentro do carro no estacionamento. Mesmo assim, o caso foi abafado e o terrorismo conseguiu acabar com os shows do 1º de maio no Riocentro.

Em 1983, foi deflagrada uma forte campanha pelas eleições diretas para presidente da república no ano seguinte. Apesar da forte campanha das Diretas Já que colocou milhões de pessoas nas ruas aos gritos de "Quero votar pra Presidente! Eu não aguento mais! e Abaixo a Ditadura!", fomos derrotados. Após a anistia, a Ditadura seguiu até 1985, só conseguimos votar para presidente em 1989.

Por sua vez, a comemoração do 1° de maio, na Cidade de Deus, começou a ganhar força. Todos os anos, o Conselho de Moradores fechava a rua principal e promovia uma série de atividades recreativas e políticas, que lotava de gente, entre crianças, jovens, adultos e idosos. Encontrávamos vários conhecidos e conhecíamos novas pessoas. Todas essas experiências despertaram, em mim, uma nova visão do Brasil e do mundo.

Comecei a ver tudo diferente.

Eu fiquei diferente.

AS DUAS FACES DA PM NA FAVELA

Não dá para falar de favela, sem falar da Polícia Militar. É a instituição que se faz mais presente, embora, quase sempre, de maneira negativa. Todavia, para compreender a atuação da polícia nesses territórios, precisamos entender um pouco de sua história.

Quando D. João VI chegou de Portugal, em 1808, precisou de uma força policial mais bem preparada para garantir a segurança da monarquia, pois ela era feita por guardas ou vigias desarmados. O rei, então, criou a Divisão Militar da Guarda Real de Polícia em 13 de maio de 1809. A estrutura era similar à do exército, com a função de manter a ordem pública, o que se traduzia em reprimir e subjugar qualquer tentativa de levante por parte dos oprimidos. De tal maneira que a elite dominante se sentisse protegida. O modelo de organização, o uniforme e as armas seguiam o padrão da guarda portuguesa e, sua estrutura militarizada já incluía companhias de infantaria e cavalaria.

A preocupação do reino aumentou devido à Revolução Haitiana liderada pelos escravizados. A monarquia receava que o mesmo acontecesse aqui, tendo em vista que mais da metade da população do Rio de Janeiro era escravizada. Violência e espancamentos públicos eram comuns. Para termos uma ideia da violência e perseguição aos pretos, basta observarmos o viés elitista das leis. A capoeira só foi proibida em 1890 e mesmo assim, foram milhares de capoeiristas presos muito antes de sua proibição. Enquanto isso, os navios negreiros, ilegais desde 1831, continuavam aportando em plena capital da Colônia, a olhos vistos. O objetivo era mesmo reprimir a cultura dos pretos.

Essa polícia ajudou na consolidação das hierarquias sociais e na criminalização da pobreza. O Brasil foi o último país a abolir a escravidão e isso trouxe consequências nefastas. Os pretos foram jogados à margem da sociedade, porque o Brasil já começara a importar trabalhadores europeus desde o fim da Guerra do Paraguai, com o intuito de embranquecer o país e a desculpa de que não havia mão de obra especializada, sendo necessária a importação. Desculpa nada convincente, pois eram os escravizados que faziam todo o trabalho, antes da chegada dos estrangeiros brancos que os substituiriam. De tal maneira que os pretos desempregados eram perseguidos como vadios e jogados no cárcere. O foco em punir crimes menores tornou a população carcerária enorme e, majoritariamente, preta e pobre.

Preciso abrir parênteses, agora, para falar um pouquinho sobre o sistema carcerário, uma vez que está intimamente ligado à atividade policial. Em seu livro *Estarão as Prisões Obsoletas?* Angela Davis nos conta que, inicialmente, o aprisionamento era utilizado, apenas, para que o preso aguardasse o julgamento e o castigo corporal adequado ao crime cometido. O réu aguardava a pena, que se traduzia em algum tipo de tortura, e não em privação da liberdade, porém os pensadores religiosos do século XVIII, preocupados com as severas punições, introduziram a ideia de penitenciária, que deriva da palavra penitência. Isso foi considerado um avanço, pois eliminava as torturas. Entenderam que privar o criminoso de liberdade já seria um grande castigo e ele teria tempo para refletir sobre seus atos durante o tempo em que ficasse encarcerado. Essas pessoas pretendiam tornar mais humana a maneira de punir, e a penitenciária foi considerada um avanço.

A autora continua argumentando que, com o fim da escravidão, a ascensão da burguesia e do capitalismo, "o valor do trabalho começou a ser calculado em termos de tempo" e compensado com dinheiro. E, no sistema capitalista, o dinheiro tem importância sumária. Então, com o passar dos anos, as penitenciárias passaram a ser um grande negócio que movimenta muita grana, tanto para as empresas que prestam serviço, quanto para as que exploram a mão-de-obra prisional. Angela Davis afirma: "O termo 'complexo industrial-prisional' foi introduzido por ativistas e estudiosos para contestar a crença predominante de que o aumento dos níveis de criminalidade era a principal causa do crescimento das populações carcerárias. Na realidade, argumentaram, a construção de prisões e a eventual necessidade de ocupar essas novas estruturas com corpos humanos foram guiadas por ideologias racistas e pela busca desenfreada de lucro. [...] A ideia de um complexo industrial-prisional também sustenta que a racialização das populações carcerárias...não é incidental". Acontece nos EUA, Europa, Austrália e América do Sul. Esse sistema em expansão reforça e depende de estruturas racistas gerando lucros fabulosos "a partir de processos de destruição social... sofrimento e devastação nas comunidades pobres e racialmente dominadas...". Muito dinheiro investido no sistema carcerário que seria mais bem aproveitado com investimentos em educação, saúde, lazer e habitação, tornando a vida das pessoas mais digna e distante do risco social. A humanidade precisa evoluir para um tipo de sociedade que não necessite de prisões.

Com a Proclamação da República do Brasil, em 1889, foi acrescentada a designação "Militar" àquelas corporações que passaram a ser conhecidas como Corpos Militares de Polícia. As províncias poderiam, então, ter mais autonomia.

A partir da Revolução de 1930, o aparato policial foi fortalecido pelo Presidente Getúlio Vargas com a criação do Departamento de Informação e Propaganda, o DIP, em 1939, durante a ditadura instituída por ele, chamada de Estado Novo, que começa em 1937 e finda em 1945. A denominação "Polícia Militar" só foi padronizada mesmo, em 1946, com a nova Constituição e a retomada democrática no país.

Toda essa estrutura policial pretendia manter a população sob controle, vigiando e punindo os desafortunados, sob o pretexto da defesa de "causas nacionais". Patrulha-se e aterroriza-se a favela para manter o "gado quietinho no curral". Ninguém ficava imune ao controle da polícia, nem empregados domésticos, pessoas em situação de rua, menores abandonados e, inclusive, os artistas. Todos muito bem vigiados pela polícia secreta criada para inibir qualquer indício de manifestação e oposição ao sistema.

O Brasil, com sua divisão de classes bem definidas e que discrimina as pessoas pelo dinheiro que possuem, pela cor, cultura e pelo sexo, facilmente, associou o crime à pobreza e ao usuário de drogas, que julgava colocar o futuro da nação em risco. Isso tem ocupado as penitenciárias, majoritariamente, com jovens pretos e pobres que se envolvem em pequenos delitos ligados ao tráfico de drogas. Nas palavras de nossa companheira Lourdinha, "a história da criminalização das drogas, assim como a do seu processo atual de descriminalização, está apenas começando a ser escrita. A necessidade de tal resgate é urgente, sobretudo diante da insensata 'guerra às drogas'". Guerra que, após tantos anos, demonstra ser ineficaz no combate ao tráfico no país, pois as prisões transbordam de jovens que terão seu futuro maculado por uma experiência que poderia ser evitada com investimentos generosos em educação, não em prisão.

Desde a Ditadura Militar de 1964, a doutrina de segurança nacional foi usada para justificar as torturas e mortes generalizadas, assim como a impunidade dos crimes praticados pelo Estado. Cada vez mais, a força letal é empregada nas áreas mais pobres da cidade. São criados grupos, supostamente, para dar segurança aos "cidadãos de bem" e a consequência foi a formação das milícias que atuam, até hoje, e intimidam moradores dos territórios dominados por elas.

Na favela, todo mundo sabe que é assim, mas, por motivos óbvios, não podemos reclamar. Alguns grupos de policiais metem o pé na porta do barraco e metem bala sem pedir licença. Muito tiro. Muita violência. Muita falta de respeito com os trabalhadores e suas famílias que residem na favela.

Na Cidade de Deus, quando era o plantão do policial vulgo Parrudão, todos ficavam aterrorizados e mais atentos que o normal. Ele era cruel. E como um bom mau-caráter roubava os traficantes, dentro da boca, e os fregueses que estivessem comprando na hora apanhavam e eram roubados também. Atirava em quem tentasse correr e era capaz de matar qualquer um que oferecesse resistência. Terrorismo mesmo! Não respeitava a lei. Quando pegava algum chefão, pedia um alto resgate para liberá-lo. Criou e seguiu a própria constituição. Ele se dava o direito de prender, julgar e executar. Era a pena de morte instituída informalmente. Porém... um dia a casa caiu. Parrudão foi baleado em uma de suas incursões na Laminha, uma localidade bastante carente, muito próxima à casa de sua amante favelada. Sim, parrudão, que não respeitava os favelados, tinha uma amante na favela.

Meu irmão, que por acaso voltava de uma entrega com sua carroça, foi interceptado pelos policiais e intimado a ajudar na locomoção do ferido até o Departamento de Polícia Ostensiva, na rua principal da CDD, a fim de que fosse rapidamente socorrido. O PM que o acompanhou na carroça, impaciente, e ávido por prestar socorro ao colega de farda, obrigou meu irmão a correr pelas ruas estreitas e esburacadas. A carroça ia aos solavancos e, quando passou por um buraco maior, o corpo de Parrudão elevou-se no ar a uma altura de mais ou menos um metro... desceu pesado como uma pedra... e estatelou-se no fundo da carroça. Provavelmente, a queda brusca agravou a situação do ferido que, pouco tempo depois, foi dado como morto. Parrudão, por causar desconfiança e medo nas pessoas, era detestado na CDD. Quando ele rodou, muita gente se sentiu aliviada. A favela ficou mais leve.

Preciso ainda falar de dois outros PMs. O primeiro é Marcão, meu vizinho de porta no terceiro andar, que ao contrário de Parrudão, tinha um comportamento exemplar e digno de um representante do Estado. Marcão honrava sua farda e pediu para sair das ruas, porque não conseguia ser cúmplice desse tipo de atitude. Preferiu cuidar dos jardins da PM e evitar problemas. Respeitadíssimo na favela por ser muito íntegro, convivia com todos e andava em qualquer lugar, sem nunca precisar empunhar uma arma para se defender, intimidar alguém ou impor respeito dentro da comunidade. Respeito não se conquista com armas e sim com atitudes. Era um homem preto, forte, alto, muito respeitador, simpático e educado. Tinha um jeito extrovertido e demonstrava estar sempre alegre.

O segundo é o sargento Jeferson. Também PM e morando um andar acima do nosso, Jeferson era magro, tímido, reservado e bastante econômico com os sorrisos e as palavras. Muito educado, de movimentos suaves e sempre calmo, fazia um trabalho social com crianças e jovens, muito bonito e muito bem aceito. No campo da cultura, promovia concursos de dublagem durante o ano inteiro, além das festas juninas com direito a ensaios da dança de quadrilha. No esporte, organizava jogos e competições, com medalha e tudo mais. Nós, crianças, adorávamos e nos envolvíamos bastante com as atividades promovidas pelo sargento. Hoje, penso que Jeferson pode ter desviado muitos garotos do risco social. Fazia tudo por altruísmo. Nunca pediu dinheiro ou votos a alguém.

Os dois sempre nos deram bons exemplos de conduta. Não bebiam, não fumavam, não brigavam, não gritavam, não desrespeitavam... Colaboraram com a nossa educação. Com suas atitudes nos ensinaram ética. Valeu, Marcão! Valeu, sargento Jeferson!

NÓS NA REVISTA

Verão de 1980. Domingo. O céu estava muito azul, fazia um dia lindo! Como de costume, peguei a bicicleta e resolvi ir até a praia. Em meio às pedaladas, encontrei outra ciclista solitária, que logo me chamou a atenção. Vestia-se com uma roupa esportiva de muito bom gosto e pedalava uma boa e bela bicicleta. Puxei conversa, e logo descobrimos algumas afinidades que nos levaram, semanas depois, a iniciar um namoro. Seu nome era Lenilda e, para minha surpresa, apesar do estilo zona sul, ela também morava na Cidade de Deus, gostava de pedalar e fotografar. Convidou-me a participar da reunião de uma revista chamada Nós, que ela havia fundado com o Wellington França, em 1977.

Essa revista era organizada por um grupo de pessoas, em sua maioria jovens, incluindo algumas ligadas ao Conselho de Moradores da Cidade de Deus. Claro que aceitei o convite! Porém nunca poderia imaginar que ali estavam reunidas as pessoas que iriam influenciar, definitivamente, minha vida. Quando cheguei à primeira reunião, fui muito bem recebido e já gostei. Gente inteligente, solidária e divertida. Entre reuniões, acampamentos, praias e passeios organizados e animados pelo grupo da Revista seguimos namorando, eu e Lenilda, por alguns meses. Aprendi e me diverti muito com esse novo grupo que adentrava minha vida e a transformava.

A pretensão da revista, durante seu período de circulação, entre 1977 e 1980, era mobilizar os moradores através de suas publicações sobre saúde, educação, ecologia, arte, cultura, lazer e questões políticas do movimento social local. Era jornalismo popular e tornou-se parte do acervo documental sobre a história da Cidade de Deus. Definíamos a pauta, redigíamos as matérias, diagramávamos, ilustrávamos, fazíamos a arte final e distribuíamos. Todo o processo estava em nossas mãos. Tudo feito em mimeógrafo ou xerox, seguindo a tendência dos poetas da Geração Mimeógrafo da década de 70. O objetivo, segundo seu cofundador Wellington, era "estabelecer intercâmbio com setores culturais da Cidade de Deus e de outros bairros; estimular os valores artísticos e culturais locais; estudo e pesquisa". Uma ação coletiva que se fez possível a partir do protagonismo dos moradores.

Todo o conteúdo da revista cabia em poucas folhas de papel tamanho ofício, que seriam dobradas e grampeadas no meio, reduzindo-as ao tamanho A5. Pelo fato de a revista ter uma proposta de atuação coletiva, *Nós* é o seu nome. A palavra *eu* não cabe num lugar em que se pretende alcançar e agregar pessoas. Nós estávamos todos juntos e misturados.

Conseguíamos um pouco de patrocínio prestando serviço de propaganda a alguns comerciantes locais, selando um contrato verbal para conseguirmos comprar papel, tinta para mimeógrafo e grampos. Depois, entregávamos aos moradores de mão em mão e conquistamos um bom público, pois era um espaço de manifestação e reivindicação que refletia os anseios do povo da Cidade de Deus.

Na Revista Nós, além do trabalho sociopolítico, criamos laços de amizade. Eu, que andava meio perdido, consegui formar um novo grupo de amigos temperado pelas divertidas reuniões da Revista. Assim, logo me convidaram para fazer parte de um grupo amador de fotografia que pretendia trabalhar no ramo. Éramos quatro: Lenilda, Adalton, Rose e eu. Compramos, em parceria, uma câmera profissional de segunda mão, que usávamos alternadamente. Ainda me lembro da emoção que senti ao ver a máquina sendo desembrulhada aos poucos e suas três lentes: a normal, a grande angular e uma teleobjetiva. Uma expectativa inocente, porque nunca tinha visto um equipamento profissional. Dessa maneira, formamos o primeiro grupo de fotografia da Cidade de Deus e seguimos aprendendo e trabalhando juntos.

Muita gente estava envolvida no movimento social, mas terei de restringir o relato, falando apenas das pessoas mais próximas. Da Revista Nós, participamos eu, Lenilda, Pablo, Zélia Batista, que é filha de seu João e Mônica, que apesar de não morar na Cidade de Deus, adorava estar em nossa companhia. Mônica trabalhava como recepcionista em um projeto estadunidense de planejamento familiar, que oferecia métodos anticoncepcionais às mulheres da Cidade de Deus e funcionava num posto de saúde da Fundação Leão XIII. Houve um momento em que Pablo foi em busca de informações sobre o comentado projeto, pois seria pauta da revista. Então indicaram a Mônica para dar-lhe explicações. A empatia foi imediata e, ao fim da conversa, Pablo a convidou para participar da próxima reunião da Revista e ela foi. Foi munida de um arsenal de denúncias das mulheres atendidas que se julgavam cobaias.

Quando Mônica chegou com todas essas queixas e uma ampola do medicamento injetável, Zélia logo exclamou — Essa é das nossas! E tornaram-se amigas até hoje. Aceita no grupo, Mônica escreveria a matéria sobre planejamento familiar, mas precisaria de um pseudônimo para assinar a matéria e não perder o emprego. Não esqueçamos de que era 1980 e, mesmo rebeldes, ainda sofríamos, subjugados à Ditadura Militar. Zélia, então, batizou-a de Inaê, em referência à orixá que faz morada no mar, a Rainha do Mar, de acordo com as religiões brasileiras de matriz africana, mais conhecida por Iemanjá. Assim, Mônica virou Inaê, para quem a conhece na Cidade de Deus.

Os anos 80 sacudiram a favela e proporcionaram o surgimento de vários grupos culturais locais. Todo mundo tinha algo a dizer após tantos anos de medo e silêncio durante a ditadura. E todo mundo queria ouvir. Nosso encantamento diante da oportunidade de fazer algo de bom, levou-nos a participar de vários grupos ao mesmo tempo. Paralelamente ao seu envolvimento na revista, Inaê e Zélia fundaram o grupo Lazer e Arte, um grupo de imersão, visando mergulhar as crianças no universo artístico e divertindo-as ao mesmo tempo. Um projeto ao qual se dedicaram com alegria.

Do meu lado, além de integrar a Revista Nós e fotografar com meu grupo, reencontrei o Valdir, agora universitário. Eu tinha um vizinho chamado Almir Paulo que, além de atuar junto ao Conselho de Moradores, também ajudou a fundar o Grupo Perspectiva de teatro e o Jornal Amanhã. Mobilizados pelo desejo inabalável de participar de mais um projeto cultural, Almir, Edinho, Valdir e eu, fundamos Cineclube Cidade de Deus que foi bastante atuante. Chegamos a participar de dois eventos importantes como o I Encontro de Cultura Negra em Uberaba e a XVIII Jornada Nacional de Cineclubes em Curitiba. Comecei a me interessar pelos filmes alternativos, fora do circuito comercial. Valdir e eu nos reconectávamos, agora, de maneira mais intelectual e resolvemos criar um grupo em que nos reuníamos todo fim de tarde para estudar, ler e debater vários textos. Essa disciplina me colocou mais centrado, pois já começava a me preocupar com meu futuro. Queríamos participar de tudo e recuperar o tempo em que seguíramos sufocados pela ditadura.

Em razão do nosso envolvimento em outras frentes do trabalho social, e da eleição de alguns membros da revista para a direção do Conselho de Moradores da Cidade de Deus, a Revista Nós teve apenas 15 edições, a última delas publicada em dezembro de 1980. Hoje, a revista encontra-se no acervo de periódicos da Biblioteca Nacional.

Estávamos animados com as eleições de novas lideranças para a presidência do COMOCIDE, como Cleonice Dias e Edson Santos, sem falar na atuação dos jovens como Almir Paulo, Ivan Paulo, Adalton, Pablo, Zélia, Wellington, dentre muitos outros, que fizeram a diferença e muito barulho na favela. O Conselho de Moradores agora se renovava e cedia lugar aos novos militantes que se uniam aos mais velhos e somavam na luta.

Enquanto isso, manchetes sensacionalistas estampavam os jornais: "GUERRA DO TRÁFICO NA CIDADE DE DEUS!". Grupos de trabalho brotavam, transformando nossas vidas em campos verdejantes de esperança, mas somente as notícias do tráfico despertavam o interesse da mídia. Eram mais de trinta grupos organizados, fazendo trabalho político, social e cultural na Cidade de Deus, entretanto, por mais que fizéssemos, nunca fomos manchete dos jornais.

JOÃO BATISTA CANSADO DE GUERRA

Vamos falar de amor!
Que amor?
Do Manel e da Maria?
Do Romeu e Julieta?
Ou de Adão e Eva?
Eu prefiro o que enche barriga.
O de Adão e Eva.
Pois aí temos
Pelo menos
Uma maçã.

[JOÃO BATISTA DOS SANTOS, 05/03/1978]

Preciso falar de uma das lideranças do Conselho de Moradores da Cidade de Deus que me impressionou bastante: João Batista dos Santos. Alto, bem magro, elegante, semblante compenetrado, barba rala e, geralmente, enfiado em seu terno surrado por muitas batalhas, mantendo a tradição de seu passado. Seu João era único. Sua história de vida se confunde com a história do Brasil e da favela. Nasceu em 1921, no estado de Alagoas, nordeste brasileiro. Chegou ao Rio de Janeiro aos nove anos e órfão. Sempre em luta árdua pela sobrevivência como sapateiro, foi sindicalista e militou no Partido Comunista Brasileiro e no Partido Democrático Trabalhista, sempre ao lado de Luís Carlos Prestes, seu principal líder político.

Orgulhava-se de ter chegado no caminhão que transportara os primeiros moradores da Cidade de Deus, em 14 de fevereiro de 1966. Recém-chegado, com seus muitos filhos e a companheira e guerreira, Dona Elza Batista, passou a dar aulas de carpintaria e bombeiro hidráulico, em casa, para os garotos interessados. Ajudou a fundar a Sociedade Organizada de Esportes, a Associação de Donas de Casa e a Associação do Bem-estar do Menor. Em 1968, participou, ativamente, da fundação do Conselho de Moradores da Cidade de Deus, o COMOCIDE, do qual foi presidente por dois mandatos.

Estávamos subjugados a um momento político dificílimo em que qualquer menção à palavra "associação", pronunciada pelos favelados, poderia ser entendida como uma ameaça à governança dos militares. Então, numa tentativa de driblar a interpretação do Serviço Nacional de Informação do governo, a palavra "conselho" tornou-se mais adequada ao momento político vivido naqueles anos. Vale ressaltar a marcante atuação do COMOCIDE na vida dos moradores da CDD, pois foi uma organização protagonista naquele cenário de lutas na favela. As reuniões contavam com a presença de mais de 500 moradores.

A luta contra a Ditadura seguia firme e, no dia 28 de março de 1968, aconteceu um episódio que comoveu e mobilizou a cidade: o assassinato a tiros do estudante secundarista Edson Luís aos 18 anos. O fato ocorreu durante uma invasão de policiais ao restaurante Calabouço, no Centro do Rio, próximo ao aeroporto Santos Dumont. O intuito era reprimir a manifestação estudantil que acontecia naquele momento. As manifestações em defesa da educação, da melhoria das condições dos restaurantes estudantis e, agora, contra o regime militar eram comuns, mas, naquele dia, a reação policial foi extremamente violenta. Em meio à confusão de cassetetes, botinas, rajadas de metralhadora e indignação, o corpo de Edson Luís foi resgatado do restaurante e carregado pelos estudantes em passeata até a Assembleia Legislativa, onde foi velado durante toda a noite. No dia seguinte, a cidade do Rio de Janeiro parou, e 50 mil pessoas compareceram ao funeral no Cemitério São João Batista em Botafogo. O enterro foi realizado ao som da multidão cantando o hino nacional brasileiro.

> Mas se ergues da justiça a clava forte,
> Verás que um filho teu não foge à luta,
> Nem teme, quem te adora, a própria morte.
>
> Terra adorada
> Entre outras mil
> És tu, Brasil,
> Ó Pátria amada!
> Dos filhos deste solo
> És mãe gentil,
> Pátria amada, Brasil!

Os cinemas da Cinelândia amanheceram com três novos filmes em exibição: "A noite dos Generais", "À queima roupa" e "Coração de luto". Na rua, faixas, cartazes e gritos exibiam a indignação: "Os velhos no poder e os jovens no caixão", "Bala mata fome?", "Mataram um estudante. E se fosse seu filho?" e "PM = Pode Matar". Por causa desse fato histórico, no dia 28 de março, comemora-se o Dia do Estudante Secundarista.

Em junho, a luta culminou reunindo, nas ruas do Rio de Janeiro, 100 mil pessoas, entre artistas, intelectuais e anônimos, numa passeata que respondia à morte do estudante.

No mês seguinte, os militares proibiram as manifestações e intrometeram-se nas universidades públicas, tendo em vista que os estudantes estavam organizando-se e bastante atuantes na luta pelo fim da ditadura. Muitos deles presos, torturados e desaparecidos.

Finalmente, a Ditadura inaugurou seus anos de chumbo grosso, em dezembro, com o AI-5. Ato Institucional decretado, durante o governo do General Arthur Costa e Silva, por conta das manifestações e luta contra a ditadura, que os setores mais conservadores da sociedade consideravam "baderna". A finalidade era, através do medo, intimidar, perseguir a oposição ao regime ditatorial e, dessa maneira, sufocar a Democracia. O Ato Institucional, que durou dez anos, dava plenos poderes ao presidente da República, ao instituir o Estado de Sítio, por tempo indeterminado, e suspender a atuação dos Poderes Legislativo e Judiciário. Proibiu o *habeas corpus* para crimes políticos, fechou o Congresso Nacional, permitiu demitir funcionários públicos, cassar mandatos, confiscar bens privados, censurar todos os meios de comunicação, inclusive a arte. A tortura foi banalizada como meio de ação contra presos políticos. Esse era o cenário político durante a fundação e atuação do Conselho de Moradores da Cidade de Deus. Foram anos dificílimos para o povo brasileiro. O COMOCIDE tentava dar esperança de mudanças e conquistas em meio a tanta desumanidade.

Assim como o Conselho de Moradores, nenhum dos grupos organizados possuía espaço próprio para a realização de suas atividades. Então, a parceria com instituições locais foi fundamental para a manutenção da resistência. Exposições de arte, dança, teatro, passeios culturais, lazer, círculos de leitura, cinema, debates... tudo contribuiu para a formação de novos quadros para a incessante luta pela democracia.

A partir de 1980, o COMOCIDE mobiliza grande parte dos moradores, agora, bastante interessados nas questões de saúde e habitação. Dois eventos importantes marcaram esse momento: a primeira comemoração do 1º de maio, agregando cerca de 3.000 moradores na rua principal, e o Encontro Popular pela Saúde em setembro, que reuniu cerca de 5.000 pessoas e 60 Associações de Moradores.

Seu João Batista participou de todo o processo de agrupamento e reorganização do povo espalhado pela remoção. Era sapateiro, mas gostava de escrever poemas e precisava lutar contra as injustiças. Um homem muito sensível e inteligente. Estava sempre disposto a ajudar as pessoas, mas tinha o semblante um pouco melancólico por tudo que tinha visto, vivido e não vivido antes de nós. Combateu as ditaduras de Getúlio Vargas e a Militar, além de vários tiranos. Era o verdadeiro João Batista Cansado de Guerra, porque não é fácil lutar pelo que é justo no Brasil. Dá muita tristeza mesmo! Mas seu João foi um verdadeiro guerreiro e só desistiu quando a morte veio lhe buscar de vez em 1984.

Hoje, quando passamos pela praça principal da Cidade de Deus, podemos ler seu nome à frente do Centro Integrado de Educação Pública, popularmente chamado de CIEP. Seu nome estampado e eternizado, por sua luta: CIEP João Batista dos Santos. Seu João representa todos aqueles guerreiros anônimos e incansáveis na luta pelo justo.

João Batista dos Santos, o sapateiro poeta que queria consertar o Brasil!

INEXPLICÁVEL

O Retiro dos Artistas é um referencial importante, em Jacarepaguá, por ser uma das instituições socioculturais mais antigas no bairro. Com a intenção de acolher artistas idosos desprovidos de meios de subsistência, o ator, compositor, letrista e cantor Leopoldo Fróes, fundou a casa em 1918. Para atender aos desamparados, a instituição depende de doações e todos os anos promove uma tradicional festa junina muito conhecida na cidade do Rio de Janeiro. Hoje, a festa se estende por vários dias, mas há algumas décadas, acontecia somente em uma segunda-feira, quando os artistas famosos, de folga, vinham prestigiar o evento, atraindo muitos curiosos. E foi nesse território sagrado, pisado e repisado por inúmeras almas sublimadas pela arte, que nosso amor veio ao mundo.

Ainda namorando Lenilda, quando conheci Inaê na reunião de pauta da Revista Nós, nada de especial aconteceu. Não prestamos muita atenção um no outro, nem conversamos. Só observei que havia uma garota diferente e que não parecia ser moradora da favela e ela, por sua vez, reparou somente em minhas pernas de ciclista.

Até que, em 1981, nos encontramos, por acaso, na festa junina do Retiro dos Artistas. Conversava com alguns amigos quando a avistei ao longe. Imediatamente me posicionei num lugar estratégico que favoreceria nosso encontro, agora premeditado, e fiquei esperando-a passar para dar o bote. A essa altura eu já vinha observando-a de maneira interessada, porém discreta, pois era tímido. Mas não iria deixar escapar essa oportunidade de nos conhecermos melhor.

Ela confessou que também vinha me observando há algum tempo por causa de minhas fotos que, segundo sua percepção, vinham de um lugar que somente pessoas sensíveis poderiam acessar. Com minhas imagens, capturei sua atenção e admiração. Um dos mais valiosos presentes que a fotografia me deu.

Após nosso encontro na festa, todos os amigos desapareceram misteriosamente e não nos demos conta do fato. Aliás, não víamos mais ninguém. Éramos somente nós dois em todo o universo. O frio, naquela noite de inverno era intenso, entretanto conversamos a madrugada inteira, aquecidos pela pequena chama que começava a acender nossos corações. As estrelas despencando do céu, os amigos abduzidos por extraterrestres, a festa esvaziando e a gente sem perceber. Nada poderia desviar nossa atenção de nós mesmos.

Livres e desimpedidos, a partir dessa noite, eu e Inaê iniciamos um romance bastante intenso, que nos rendeu uma bela união, estável até hoje, com algumas turbulências. Precisaria de outro livro para contar toda a nossa longa história de mais de 40 anos de relacionamento, mas posso falar um pouquinho sobre a revolução que causamos um na vida do outro.

Ela, geminiana, chegou trazendo o ar e oxigenando minha vida. Veio em forma de vendaval revirando tudo... renovando tudo. E eu, sagitariano, incendiei e agitei a vida dela. O encontro do fogo, atraído pela necessidade de se manter vivo e alimentado pelo ar, provocou uma fogueira interminável, um grande incêndio em nossas vidas, que perdura até hoje. Onde tem fogo, tem ar, tem oxigênio e não tem monotonia. Após tantos anos de relacionamento, muitas crises, idas e vindas, como também muitas alegrias e aventuras, o amor e o companheirismo superaram as intempéries e permanecem. Até hoje, somos nossos melhores amantes e melhores amigos, acima de qualquer coisa. Eu me lembro dela magrelinha, cabelos longos ondulados e lindos, estilo *hippie*, inteligente, sincera e alegre. Ela diz que se lembra de mim como um bom fotógrafo de cabelos encaracolados lindos, solidário, calmo e engraçado.

Enquanto eu me arriscava no mercado da fotografia, Inaê estudava na Escola de Belas Artes da Universidade Federal do Rio de Janeiro, UFRJ, e me contava histórias de outros povos, outros mundos. Contava-me e encantava-me com longas conversas sobre os gregos. Ensinava-me sobre arte, sobre grandes cineastas como Eisenstein, Pasolini, Bertrand Blier, Glauber Rocha, Nelson Pereira dos Santos, Akira Kurosawa, Bertolucci, Carlos Saura, Mário Peixoto, Fritz Lang... Apresentou-me aos filósofos Sócrates, Aristóteles, Platão... à cantora Billie Holiday, ao escritor Lima Barreto e contou sobre muitas outras coisas que eu jamais tinha ouvido falar. Assuntos totalmente desconhecidos pelas pessoas do meu convívio. E nunca poderia me esquecer do impacto causado no instante em que me apresentou à música *Filosofia*, do compositor Noel Rosa. Prontamente me identifiquei e ela passou a ser uma oração para mim:

> O mundo me condena e ninguém tem pena
> Falando sempre mal do meu nome!
> Deixando de saber
> Se vou morrer de sede
> Ou se vou morrer de fome?
>
> Mas, a filosofia hoje me auxilia
> A viver indiferente assim!
> Nesta prontidão, sem fim
> Vou fingindo que sou rico
> Pra ninguém zombar de mim!

Não me incomodo que você me diga
Que a sociedade é minha inimiga!
Pois, cantando neste mundo
Vivo escravo do meu samba
Muito embora vagabundo!

Quanto a você, da aristocracia
Que tem dinheiro, mas não compra a alegria!
Há de viver eternamente
Sendo escravo dessa gente
Que cultiva hipocrisia!

Enquanto isso, eu a ensinava sobre fotografia, correntes marítimas, direção dos ventos e suas consequências... contava histórias sobre a favela e o mar. Quando a conheci, ela ainda não sabia nadar e aprendeu na faculdade, durante as aulas de Educação Física, com o meu incentivo. Era dedicada aos estudos, contudo sua família passava por grandes dificuldades financeiras. Às vezes, ficava uma semana sem frequentar a UFRJ por falta do dinheiro das passagens de ônibus, pois eram várias e caras. Como eu já trabalhava, ajudava com algum dinheiro para o transporte e presenteava-lhe com livros de arte, caríssimos, que ela ficava impossibilitada de adquirir. Mais tarde, foi contemplada com três bolsas de estudos que lhe possibilitaram o término do curso de Educação Artística. Ela era muito diferente de todas as pessoas com as quais eu já havia me relacionado. Não bebia, não fumava, não usava qualquer tipo de droga lícita ou ilícita. Inacreditável! Era super careta nesse aspecto, mas não era moralista.

Apesar de hoje em dia caminharmos sempre juntos, éramos bastante livres no amor, porque fomos criados, os dois, com muita liberdade e a rua foi nossa segunda casa. Impossível nos colocarmos rédeas e nos entendíamos nesse aspecto, porque sempre acreditamos que amor não precisa ser vigiado para ser leal e fiel. Fazíamos o que queríamos e na hora que fosse do nosso agrado. Íamos para onde desejávamos, sem muito patrulhamento. E assim nosso amor foi crescendo livre. Quando estávamos juntos, tínhamos certeza de que o amor estava ali conosco. Sentíamos a segurança que o amor verdadeiro nos dá.

Com tantos padrões quebrados, parecia impossível que nosso romance pudesse ir adiante, mas foi, para desolação de todos que apostaram no fracasso dessa relação improvável. Paixão não se explica. Éramos opostos em muitos aspectos, mas iguais nas coisas que mais importam como amor, companheirismo e lealdade. Algumas pessoas podem achar isso um pouco ultrapassado, mas garanto que funciona, e pode levar um relacionamento bem longe, a um lugar inimaginável.

Entremeando toda essa experiência inusitada, nos aventurávamos em praias, acampamentos, shows, teatros, cinemas, passeatas, comícios e hotéis baratos da Lapa. Muitos anos, muita falta de grana, muitas crises, muitas conquistas, muitas alegrias, muito companheirismo, muita cumplicidade e lealdade. Ela é e sempre será meu único e verdadeiro amor.

ENCONTRO COM A FOTOGRAFIA

Um guarda-vidas, amigo meu, eventualmente, aparecia com novidades resgatadas dos ladrões que atuavam nas areias, apelidados de "ratos de praia". Um dia surgiu com uma KODAK 110. Eu que, à época, tinha 15 anos e sempre gostei de desenhar, fiquei fascinado com a rapidez com que podia capturar as imagens e acabei ficando com a câmera por alguns trocados. Foi minha primeira máquina fotográfica. Desde a experiência com as fotos perdidas, no almoço de família em Bangu, passei a me interessar pela fotografia. Gostava de flagrar as pessoas distraídas e me divertia com as imagens reveladas apesar do alto custo. Era uma brincadeira diferente. Logo meu primeiro contato, de verdade, com a fotografia foi de maneira divertida... como brincadeira... como exercício do prazer.

Após a experiência do Grupo de Fotografia da Cidade de Deus, comecei a pensar na possibilidade de viver dessa arte. Era complicado dividir uma câmera para quatro pessoas. Minha oportunidade de iniciar um trabalho independente deu-se quando aquele meu amigo guarda-vidas ofereceu-me uma nova câmera fotográfica, agora mais sofisticada e que possibilitava a troca de lentes. Era uma *Pentax K 1000*, que vinha com uma lente de 50 milímetros. Minha primeira câmera semiprofissional. Consegui comprar através de umas economias que fizera e ainda tive que parcelar. Entretanto os custos eram muito altos para fotografar e ainda necessitava de uma semana para revelar um único filme. Precisava ganhar dinheiro com a fotografia, e a noite do Natal de 1982 me conduziu à primeira experiência profissional de minha carreira solo.

Por ser tímido, meu amigo Zinho me ajudou e incentivou. Nessa data festiva, todos colocavam suas melhores roupas para receber seus vizinhos, amigos e parentes, com todas as portas abertas. Íamos adentrando as casas e Zinho me anunciava às pessoas como um mercador — Sussu tá fazendo fotos! Como na época, fotografia era cara e pouquíssimas pessoas tinham câmera, todos queriam registrar o momento de beleza e fartura do Natal. Fiz várias fotos de família. Que todos ainda chamavam de retrato. E assim iniciei minha carreira como retratista. Não gostava muito dessa palavra que já era um pouco ultrapassada, pois eu almejava ser fotógrafo, que é um termo mais abrangente. Virei o fotógrafo dos bebês que vinham ao mundo, fazendo seus batismos, aniversários e, anos depois, mais profissional e mais seguro, seus casamentos. Fiquei um bom tempo ganhando dinheiro assim.

Meu amigo Renato Santos, também morador da Cidade de Deus e àquela altura desempregado, incentivado por sua companheira, demonstrou interesse pelo ofício, e formamos uma dupla. Como disse anteriormente, era tímido e sempre tive muita dificuldade para cobrar por meus serviços. Renato, que era muito educado e mais sociável, cuidava das cobranças. Eu, por ser mais experiente, fazia as fotos. Ampliávamos a melhor foto de uma criança, ou bebê, colocávamos na moldura barata de pinho, e saíamos com ela debaixo do braço batendo de porta em porta. A máquina vinha sempre pendurada no pescoço para sermos identificados como fotógrafos pelos moradores e, obviamente, também pelos traficantes. A câmera era a nossa identidade. Aos poucos, fomos nos transformando nos fotógrafos ou, como o povo preferia, retratistas da Cidade de Deus. Apesar de todas as dificuldades financeiras e acessos difíceis, as pobres famílias apreciavam e valorizavam o nosso trabalho. Éramos respeitados. Andávamos e fotografávamos em qualquer área da favela, mesmo em tempos de guerra, e passamos por situações bastante pitorescas.

Certa ocasião, estávamos fotografando no quarto de uma residência, localizada na região bastante conflituosa dominada pelo grupo do Karatê. Fotografávamos um bebê em cima da cama quando o lar foi invadido, sem mais nem menos, por um grupo de PMs munidos de suas escopetas. Aquele aparato bélico na casa de uma família de trabalhadores pobres causava tensão e espanto. Ao constatarem que estávamos trabalhando, no meio daquele cenário totalmente familiar e de estúdio improvisado por nós, saíram rapidamente. Foi muito constrangedor para todos.

Na Laminha, aconteceu um episódio que marcou minha carreira. Fui convidado para fazer o aniversário do primeiro ano de uma criança e tive receio quando a mãe me disse que morava lá. A CDD em guerra. O tiro comendo solto. Hesitei... e, ao perceber minha dúvida, a mulher me inqueriu — Você dá tiro em alguém? Tá com medo de quê? Abatido pela sua firmeza, assumi e cumpri o compromisso. Era numa área bem pobre e abandonada pelo poder público mais do que eu já havia testemunhado. A luz bem fraquinha, somente um pequeno bolo com uma vela bem pequenininha e um único refrigerante. Tudo muito pouco e pequeno, simples e precário, mas pagaram sem choro.

Trabalhei em lugares muito pobres nesse momento de minha vida, mas raramente sofríamos calote. Algumas vezes tínhamos que retornar a alguns lares para cobrar, pois nem sempre o dinheiro estava disponível naquele primeiro momento da cobrança. Muitas vezes ficava com pena, dava as fotos e nem voltava para receber o pagamento. Fiquei nessa situação por alguns anos e, incomodado pela falta de perspectiva, fui trilhar novos caminhos. Meu amigo Renato, agora, mais experiente, foi adiante sozinho, fazendo uma grande clientela. Como disse anteriormente, Renato era muito educado e simpático. Conhecia muita gente na favela e a demanda de trabalho cresceu tanto que sua companheira resolveu fazer o curso de fotografia no Senac e passou a ajudá-lo. Dessa maneira, Renato ficou bastante conhecido como o principal fotógrafo da Cidade de Deus.

Em janeiro de 1985, passei no teste e iniciei o curso profissionalizante no Senac do Centro do Rio. Foi o pontapé inicial para eu me aperfeiçoar e profissionalizar. Consegui meu primeiro contrato como assistente de fotógrafo e trabalhei na campanha política de um candidato à prefeitura da cidade do Rio de Janeiro. Pela manhã, frequentava o curso e, à tarde, corria para a sede da campanha do tal candidato que ficava no Centro também. Ali ganhava minha primeira experiência como repórter fotográfico, porque o fotógrafo principal deixava a maior parte do trabalho para mim e assim tive oportunidade de aprimorar minha técnica.

Em uma dessas ocasiões de saídas para fotografar e acompanhar o candidato, aconteceu um fato curioso quando levei o motorista a nossa casa. Ainda morava com minha mãe. O carro, todo caracterizado com o nome do partido, chamou logo atenção de um dos mentores da campanha, que passou pelo local naquela hora, por estar estacionado naquela área já considerada de risco. Foi um alvoroço! Todos, no comitê, quiseram saber o que fazia o carro da campanha ali. Ninguém poderia imaginar que o fotógrafo morasse naquele lugar. Normalmente o profissional de fotografia era pelo menos de classe média, mas nunca um favelado porque fotografia era uma atividade muito cara.

Depois da campanha, continuava a fazer festas, agora mais importantes e sofisticadas, como casamentos, 15 anos e formaturas. Paralelamente, fui convidado para ajudar a montar um pequeno, mas muito bom jornal chamado *O Boa Praça*. O projeto desse veículo seria para circular dentro dos táxis e atender aos turistas que chegavam na cidade do Rio de Janeiro. Gostei logo da ideia. Eu tinha adquirido muitos contatos com agências publicitárias, sabia onde eram todos os jornais da cidade e fui muito bem aceito, no grupo, por ter informação e experiência. Eram todos, em sua maioria, estudantes universitários. A ideia era muito boa e tinha uma ótima aceitação entre os taxistas. Conseguimos patrocinadores de peso como a Prefeitura e Governo do Estado do Rio de Janeiro, Petrobrás e comerciantes do bairro de São Cristóvão que se dedicavam ao comércio de autopeças. Infelizmente, pela alta inflação dos anos 80 e a demora nos pagamentos por parte dos patrocinadores, o jornal faliu em dois anos. Para mim, foi uma universidade e consegui, junto ao Sindicato dos Jornalistas, meu registro de Repórter Fotográfico em 1988.

Com a dissolução da equipe, cada um foi buscar sua estrada. Enquanto procurava trabalho, o chefe de fotografia do jornal *O Dia*, Júlio César Pereira, deu-me a oportunidade de trabalhar, à noite, cobrindo o plantão dos colegas. A vida de um repórter fotográfico nunca é monótona. Na primeira saída, fui cobrir um tumulto no bairro do Méier. Assim que chegamos ao local, alguém alertou — O jornal *O Dia*, chegou! *O Dia* chegou! Em seguida, uma das envolvidas na confusão, veio rapidamente em minha direção e sem me dar tempo de defesa, deu um safanão na minha câmera, quebrando meu *flash*. Tal fato me impediria de fazer a próxima pauta se não pudesse contar com a criatividade. Usei o farol do carro para iluminar o corpo estendido no chão. Puxei o filme de asa 400 para 3.200 e, dessa maneira, consegui minha primeira foto publicada num jornal de grande circulação.

Agora mais experiente e seguro, com a cara e a coragem dos que precisam, coloquei minhas fotos embaixo do braço e fui bater na porta do jornal *O Globo*. Não tinha indicação de qualquer pessoa influente e, mesmo assim, fui recebido pelo chefe da equipe de fotógrafos, Aníbal Phillot. Apesar de não ser indicado, ele gostou do meu trabalho e resolveu me dar oportunidade. Em poucos dias, comecei a trabalhar no Jornal de Bairros, ainda com a velha Pentax K 1000, agora acrescida de uma grande angular. Comecei a fazer pequenas reportagens que sempre eram relacionadas à cidade do Rio de Janeiro e aos seus problemas mais comuns, como falta de saneamento básico, calçadas quebradas e tudo que fosse relacionado aos bairros e às cidades menores. Era o Jornal de Bairros do *O Globo*. Conheci várias regiões do estado e seus frágeis municípios. Também tive a oportunidade de conhecer muitos fotógrafos dos quais era grande admirador.

Um dos meus ídolos era o Custódio Coimbra e nos conhecemos de maneira inusitada. Ninguém nos apresentou. Ele era muito simples para o tamanho de seu talento. Estávamos sentados conversando quando alguém o chamou Custódio! Sem cerimônia e traído pela emoção, interpelei — Você é o Custódio Coimbra? Cara, sou seu fã! Ele me agradeceu com a alegria camuflada por um tímido sorriso. Até hoje eu o considero um dos melhores fotógrafos do mundo. Conheci outros grandes profissionais que circulavam por lá. Tinha o Fernando Quevedo que frequentemente exaltava os países africanos com suas fotos maravilhosas do referido continente. As fotos eram lindas de verdade, e ele vivia me dizendo — A África é linda, cara! Tinha o Francisco Chaves que era um excelente fotojornalista e muito bom nos flagrantes. Outro que ganhou vários prêmios, na área esportiva, foi o César Loureiro. Ele era caladão e não conversávamos muito, mas tinha grande admiração pelo seu trabalho. André Durão, que se especializou em fotos esportivas, Monique Cabral, Marcelo Carnaval, Jorge William, Jorge Jorge, Márcia Dias e Júlio César Guimarães também são ótimos fotógrafos e alvos de minha admiração. E não posso deixar de mencionar meu grande parceiro, no Jornal de Bairros, Marcos Issa.

Para quem conhece somente a fotografia digital, fica difícil entender, mas na época da foto analógica era muito mais difícil fotografar. Tínhamos que colocar a bobina do filme num compartimento escuro da máquina, fotografar e enrolar o filme de volta à bobina. Você poderia levá-lo a um laboratório para revelar as imagens ou fazer você mesmo, o que exigiria conhecimentos de química e física. Precisava desenrolar o filme numa sala totalmente escura, pois qualquer incidência mínima de luz estragava todo o trabalho. Colocava-se o filme num líquido, dentro de outra bobina maior, até virar uma película com as imagens pequeninhas, chamadas de negativo. Depois, sob uma luz vermelha, a única suportada pelo papel fotográfico sem danificá-lo, a película era colocada no ampliador, que é um aparelho feito para projetar a figura do negativo no papel fotográfico, capturando a imagem e ampliando de acordo com o tamanho desejado.

Após tudo isso, o papel continuava em branco. Nada de imagem. Até aqui, não sabíamos exatamente como teriam ficado as fotos. Era muito suspense! Na última etapa, colocávamos o papel num líquido, chamado revelador, e... lentamente... magicamente... a imagem ia surgindo no papel. Quando estava do jeito que queríamos, nem clara e nem escura demais, tirávamos o papel do revelador e colocávamos no fixador, um líquido para estancar o processo. Toda essa química ficava impregnada no papel e agindo continuamente. De tal maneira, que precisávamos colocá-lo embaixo d'água corrente por bastante tempo para termos fotos duradouras. Caso contrário, aquela química toda iria continuar agindo e desbotando a imagem com o tempo. Após todo esse complicado processo, a foto estava pronta!

Após sair do jornal *O Globo*, meu colega Júlio Cesar Guimarães perguntou se eu sabia revelar filmes em preto e branco. Conteúdo que fazia parte da grade curricular do curso no Senac. Fiz um teste, passei e aceitei de imediato o trabalho na Assessoria de Comunicação da Riotur, a empresa de turismo mais importante da cidade do Rio de Janeiro. O teste para a admissão era revelar um filme e ampliá-lo num quartinho de menos de dois metros quadrados. Passei. Contratado!

Agora, melhor equipado, contava com uma Nikon F2, comprada de minha colega Monique Cabral. Apesar de não mais fazer parte da equipe de fotógrafos do *O Globo*, durante muito tempo, ainda fui chamado para fotografar os Jogos Estudantis que o jornal cobria anualmente.

Os fins de ano sempre eram bons para os fotógrafos, com décimo terceiro, muitas festas e muito trabalho. Na Riotur, o ritmo só não era mais frenético que o Carnaval. Durante o ano, fazia mais fotos de pessoas, reuniões e gente importante como personalidades artísticas e políticas, que visitavam a empresa e eram recebidas pelo presidente. Além do Carnaval, o Réveillon, em Copacabana, era o grande acontecimento com a organização da Riotur. Era um grande espetáculo com os fogos de artifício, ápice e sensação do evento.

A comemoração dos cem anos de Copacabana, em 1992, também foi uma festa muito bonita, contudo pouco divulgada devido a um evento ecológico internacional, que mobilizou o país, o mundo e toda a mídia: a Rio92. Foi uma experiência marcante, porque cobri os encontros realizados no Riocentro e no Aterro do Flamengo. Fotografei muitos Chefes de Estado que se reuniram na Cidade Maravilhosa para decidir sobre o futuro ambiental do planeta. Fiquei encantado com a diversidade de culturas que tive oportunidade de contactar: povos indígenas, latinos, africanos, indianos, árabes... e por aí vai.

Tive oportunidade de me aprimorar, conhecer e rever fotógrafos durante o tempo em que estive na Riotur. No Carnaval, a empresa contratava um fotógrafo extra pelo excesso de trabalho e, dessa maneira, conheci o Nico. Nico era um bom fotógrafo, entretanto tinha grande dificuldade de conseguir contrato por ser ligado ao movimento sindical. Gostei logo dele, pois o identifiquei como uma pessoa íntegra e capaz de sacrificar seu futuro profissional em nome de direitos trabalhistas para os repórteres fotográficos. Ficamos amigos, mas infelizmente nos perdemos pelas turbulências da vida.

Mudanças políticas, na prefeitura do Rio de Janeiro, causaram por volta de quinhentas demissões na Riotur, e eu fiz parte dessa estatística. Um amigo jornalista, também demitido, convidou-me a trabalhar com ele como *freelancer*. E lá fomos nós à selva do mercado de trabalho novamente. Enquanto isso, continuava fazendo cursos de aperfeiçoamento e sobrevivendo da fotografia.

Dentre os vários cursos que fiz, dois se destacaram: o de Rogério Reis, na Universidade do Estado do Rio de Janeiro, UERJ, sobre a utilização dos muitos recursos das lentes fotográficas, e o de João Roberto Ripper sobre fotografia comprometida com o social. Esses dois grandes mestres marcaram minha carreira profissional e meu olhar fotográfico definitivamente.

Por força da necessidade, aderi à câmera digital logo que chegou ao Brasil, acompanhando a tendência. Até que chegaram os celulares com câmeras, invadindo, popularizando e revolucionando o mercado da fotografia.

Com a escassez de trabalho e, agora, com alguma estabilidade econômica, resolvi realizar o antigo sonho de estudar História. Superando as expectativas, passei no primeiro vestibular que prestei e me formei, pela Universidade Federal Rural do Rio de Janeiro, UFRRJ, aos 55 anos.

Eu e a fotografia? Não há como nos separar... Segue me acompanhando. Registrando fatos ou tentando escrever poemas com luz, continuamos a nos divertir. Eu e minha câmera, agora, pelo mundo.

CIDADE DE DEUS, PRESENTE!

A ignorância é o único mal.

[SÓCRATES]

Ao ingressar na universidade, tive a oportunidade de aprofundar um estudo sobre a remoção da favela de minha infância: a Ilha das Dragas. Essa pesquisa me rendeu a monografia para a conclusão do curso de História. Agora podia entender todo o processo de nosso êxodo, a realidade de outras favelas e como chegamos onde estamos. Para além dos muros da universidade, continuei a busca pela origem desse modelo de moradia e os complexos problemas que a envolvem. Esse processo de descoberta foi tão esclarecedor e rico para mim, que resolvi compartilhar um pouco com você, na esperança de que lhe acrescente algo positivo.

A maior parte das pessoas nem imagina que a história da favela começa na segunda metade do século XIX. Descobri que, desde essa época, existem relatos de pequenas aglomerações com construções precárias sobre os demolidos morros de Santo Antônio e Castelo no Centro do Rio de Janeiro. Eram os pobres e pretos subindo a ladeira, ou se amontoando nos cortiços para fugir dos preços altos das moradias nas áreas mais nobres da cidade.

E o que seriam cortiços? Para que todos entendam, um cortiço era definido como um tipo de grande moradia coletiva, um casarão, composto por pequenos quartos, com cozinha, lavanderia e banheiro coletivos. Seu pátio interno era área de lazer e de trabalho. As roupas tremulando nos varais, em meio às brincadeiras das crianças, indicavam uma importante atividade econômica que perdura até hoje: a das lavadeiras. Atividade essa que absorvida pelo capitalismo substituiu o trabalho das pobres mulheres pelas lavanderias. Mas os cortiços também eram considerados focos de doenças por conta da aglomeração de muitas pessoas, e esse foi um dos principais pretextos para sua extinção. Nesse momento da história carioca, o embrião da favela já existia, já tinha endereço, mas ainda não tinha nome.

Veio, então, a Guerra do Paraguai em 1864, com muitos pretos arregimentados e alforriados pelo Exército Brasileiro. E, ao findar a guerra em 1870, o conceito de supremacia branca é veementemente contestado. A ideia de abolir a escravidão se propaga cada vez mais. Muitos escravizados engajados, na guerra, são libertos e sucessivas leis são assinadas a partir de então. Lei do Ventre Livre em 1871, Lei dos Sexagenários em 1885 e a Lei Áurea em 1888, que finalmente, após muita luta, aboliu a escravidão no Brasil. Embora tenha sido o último país do mundo a se livrar dessa mácula que vinha degradando nossa sociedade desde a segunda metade do século XVI.

Com a abolição, o Estado, em vez de absorver, pelo mercado de trabalho, as pessoas libertas promove a imigração em massa de mão de obra europeia assalariada, a fim de atender aos interesses do ainda incipiente processo de industrialização. O intuito era substituir a mão de obra escrava e promover o branqueamento da população brasileira. Isso ocorreu, principalmente, na capital do país, a cidade do Rio de Janeiro, onde existe uma região apelidada de Pequena África, devido à quantidade de pretos que circulava por suas ruas. Localizada na zona portuária é formada pelos bairros da Saúde, Gamboa e Santo Cristo, nas imediações da Praça Mauá. Penso que vale a pena abrir espaço para contar um pouco sobre a Pequena África e o Valongo, tendo em vista que o último foi elevado ao status de Patrimônio Mundial pela Unesco em 2017 e tem provocado curiosidade, conversas e debates. É difícil ignorar o assunto, pois até hoje os pretos sofrem sequelas herdadas desse período marcado pela desumanidade e pelo sangue africano. O maior desembarque de escravizados das Américas era ali, no Cais do Valongo, na Pequena África, entre o final do século XVIII e início do século XIX.

Segundo relato do oficial inglês James Cook, em 1768, quando o porto ainda era na Praça XV, "A população do Rio de Janeiro que é considerável, é composta por portugueses, negros e naturais do país. Estima-se que a capitania ou província, da qual a cidade é uma pequena parte, possua 37 mil habitantes brancos e 629 mil negros, muitos deles livres, perfazendo um total de 666 mil homens. Segundo essas informações, há 17 negros para cada branco." A elite portuguesa não queria o comércio escravista muito perto dela, na Praça XV, tampouco as doenças que traziam dos navios negreiros, então, levaram o porto para a Pequena África. Os que chegavam mortos, cerca de 20%, que não conseguiam resistir à fome e às epidemias, eram jogados em fossas comuns nos Cemitérios dos Pretos Novos.

Próximo ao porto, ficava o Lazareto, hospital onde os pretos desembarcados faziam quarentena para se recuperarem das doenças. Uma vez recuperados, eram encaminhados à Casa de Engorda para alimentarem-se, exercitarem-se e aumentarem a flexibilidade. Na hora de prepará-los para a venda, seriam banhados em óleo a fim de esconder doenças, fazer a musculatura brilhar e valorizar sua força física. Após todo esse tratamento, eram colocados nos armazéns de venda.

Ao desembarcarem no Brasil, seriam logo batizados com um nome cristão. Em sua maioria eram bantos e, em menor número, sudaneses. Apesar de já conhecerem a escravidão, esta era muito diferente na África, pois seriam prisioneiros de guerra integrados ao novo grupo pelo qual foram capturados. Eram guerreiros capturados e não mercadoria. Eram homens, mulheres, crianças, nobres, aliados, inimigos, caçadores, guerreiros, agricultores, sacerdotes, dentre outros, retirados de sua terra, acorrentados e misturados em um porão de navio que os levaria para o outro lado do Atlântico, a fim de submeter-lhes a uma vida indigna. Separados de seus familiares, nunca mais os encontrariam. As pessoas se viam sozinhas diante do desconhecido, tendo de aprender quase tudo de novo.

Nada poderia apagar o que traziam da África, dentro de si, mesmo que a pessoa fosse capturada na infância. Por mais que tentassem controlar os escravizados, as fugas foram muitas, a despeito de suas diferenças étnicas e religiosas. Não permaneceram passivos diante de sua dramática condição humana e política, reinventando sua identidade neste novo território. A capoeira, criada no Brasil, a religião, a música, a dança, a comida, a língua e toda sorte de influência africana em nossa cultura têm origem na resistência e estariam sempre sob vigilância.

Com a proibição do tráfico negreiro, em 1831, o Valongo foi desativado e o desembarque dos escravizados passa a ser clandestino, afastado do porto tornando a atividade criminosa, embora tolerada pelo poder público para atender aos interesses da elite.

Voltando aos últimos anos do século XIX, a massa de imigrantes europeus provocou um aumento populacional gritante na cidade, de quase 90%, e o número de habitações não conseguiu acompanhar essa demanda. Os antigos prédios ficaram superlotados de pessoas que não podiam pagar pelo alto preço do transporte, e foram obrigadas a se aglomerar, principalmente, nas construções mais precárias que originaram os já citados cortiços.

Por conta dessa política de "importação" de europeus, dois anos após a abolição, em 1890, essa população amontoada atingiu a marca de 20% e passou a fazer parte de um comércio lucrativo. Cortiços eram um grande negócio e geravam uma renda extraordinária aos seus locadores. Eram oito na Rua da Imperatriz, nove na Rua da Saúde, em torno de dez na Rua da Gamboa e praticamente toda a Rua Barão da Gamboa, era tomada por cortiços.

Desde a Proclamação da República brasileira, em 1889, a política de erradicação dos cortiços foi intensificada, devido à estigmatização de sua população e ao discurso higienista. Contudo, sem projeto de habitação popular, um grande problema social emerge. O objetivo era expulsar, progressivamente, as camadas populares do Centro da cidade, pois, construções malconservadas, superlotadas e insalubres faziam dos cortiços um pesadelo para a burguesia. A pretensão era fazer do Rio de Janeiro uma França nos Trópicos.

Os cortiços, cada vez mais, explodiam de gente, e as favelas começavam a aparecer e crescer. É até difícil saber qual foi a primeira inaugurada no Rio de Janeiro, porém o termo "favela" originou-se de uma planta muito comum no Nordeste e Sudeste brasileiros. O vocábulo foi difundido durante a Guerra de Canudos, que durou de 1896 a 1897, no Sertão da Bahia. Na região, havia um morro chamado Favella, coberto pela tal planta, onde os jagunços que defenderam Canudos, lutando contra o Exército Brasileiro, construíram suas precárias moradias.

O tempo passava... e a República continuava sem projeto de habitação. Enquanto isso... os soldados envolvidos na Campanha de Canudos retornavam da guerra, sem teto que os abrigassem. Para amenizar a situação dos que sobreviveram à batalha, o Exército permitia que se instalassem em barracos no Morro da Providência, atrás do antigo prédio do Ministério da Guerra, que fica ao lado daquela estação de trem, a Central do Brasil. Essas moradias improvisadas pareciam muito com as instalações dos jagunços da Bahia feitas de madeira e mal construídas. Assim, o morro da Providência passou a ser conhecido como o Morro da Favella.

Aqueles soldados que lutaram contra seus irmãos de Canudos, agora, viam-se no mesmo lugar deles. Viam-se no espelho.

Cabe ressaltar que, no momento da chegada dos soldados, o Morro da Providência já estava ocupado! Pelos dois mil habitantes expulsos, após um dia inteiro de batalha, do cortiço Cabeça de Porco, na Rua Barão de São Félix, demolido em 1893. Sem projeto de habitação para os despejados, o primeiro Prefeito da cidade, Barata Ribeiro, permitiu que os desabrigados do cortiço utilizassem os restos da demolição para construir novas e precárias moradias no vizinho Morro da Providência. Os morros próximos ao centro da cidade, inicialmente, foram uma solução temporária para o problema habitacional das camadas populares.

A República expulsava os moradores dos cortiços, alegando insalubridade, e os escondia nos morros, na favela, na nova senzala. Dessa maneira, o Estado contribuía para a desordem estimulando a autoconstrução, sem regras, infraestrutura urbana ou serviços. Promovendo a ilegalidade e a confusão. Transferindo a alegada insalubridade dos cortiços para um lugar menos visível. Na língua do povo: varrendo a sujeira para debaixo do tapete. A favela é resultado da política higienista contra os cortiços e se constitui dessa forma no final do século XIX.

Chega o século XX com muitas novidades e modernidades, mas para o povo pobre a única mudança foi a de residência. Tem início a política do "bota-abaixo", promovida pelo prefeito que resolveu remodelar a cidade a exemplo do que Haussmann havia feito em Paris. Alegando higiene, ar puro, saneamento, e necessidade de desenvolvimento urbano, o Morro do Castelo começou a ser destruído por Pereira Passos, em 1904, e, finalmente, sepultado pelo prefeito Carlos Sampaio em 1922. Por ter se transformado em local de residência dos pobres, com seus aluguéis baratos e suas construções antigas e deterioradas, o lugar, estrategicamente escolhido por Mem de Sá como berço da cidade do Rio de Janeiro, agora via suas primeiras construções históricas desmoronarem como castelos de areia. De maneira avassaladora, um forte jato d'água foi carregando ladeira abaixo a Fortaleza e o Observatório. A muralha de pedra desfeita levou também as ladeiras que foram derramando a Igreja e o Colégio dos Jesuítas, o Seminário de São José, a Igreja de São Sebastião... a Faculdade de Medicina, o Hospital São Zacarias... o Telégrafo... o Calabouço, a Cadeia e o casario antigo. Lentamente... a história vinha abaixo e ia desfazendo-se, apagando... até sumir. Apesar da importância histórica do Morro do Castelo, prevaleceu a selvageria devastadora do progresso aliado ao capital.

Com tanta ausência e omissão dos governos, no final dos anos 40, o Partido Comunista Brasileiro tinha um trabalho muito forte nas favelas, e o pavor do comunismo forçou o Estado a tomar uma atitude e recuperar o território. Houve, então, uma articulação política entre a Prefeitura e a Igreja Católica, criando a Fundação Leão XIII, com o objetivo de fomentar a saúde, educação e habitação. O lema era: "É preciso subir os morros, antes que os comunistas desçam". Essa influência perdurou por décadas, na formação de várias associações de moradores, estimulando os mutirões para garantir melhorias e eximir o Estado de sua responsabilidade maior para com a vida dos cidadãos. Desde os anos de 1940, a organização da favela passa a ser observada com muita atenção pelo poder público e pela Igreja Católica. O intuito era impedir a organização independente e a resistência contra as remoções e melhorias, mantendo o lugar subalterno da favela.

Em 1964, sofremos o duro Golpe Militar e as políticas habitacionais de urbanização das favelas são interrompidas, as remoções ganham força e fragmentam-se os movimentos associativos. A Federação das Associações de Favelas do Estado da Guanabara, FAFEG, fundada em 1963, com o lema "Urbanização já, remoção não!", inicialmente, travou grande enfrentamento com a Ditadura, tendo vários membros detidos. Em 1975, mudou seu nome para FAFERJ, em consequência da fusão do Estado do Rio de Janeiro com o Estado da Guanabara e continuou seu trabalho, driblando a Ditadura.

Os anos passam... e o lugar social das favelas até piorou, adquirindo o estigma de território violento e proibido, naturalizando a cisão entre a cidade e a favela. A segregação agravou-se e a necessidade de construir uma distância social entre ambas perdura até hoje. A tensão no Rio de Janeiro é constante entre a elite, que tenta expulsar os pobres das áreas nobres, e a resistência dos favelados. Sem projeto de habitação, sua expansão geográfica e número de habitantes continuaram a crescer. Para termos uma ideia, a população de favelas, no Rio de Janeiro, em 1950, era de 169.305 e, no ano 2000, 1.092.958 segundo o Instituto Brasileiro de Geografia e Estatística. E o crescimento delas na Zona Oeste, onde fica situada a Cidade de Deus, foi o maior da cidade.

A disparada desse crescimento deu-se também em função de muitos migrantes, que vieram expulsos pelos problemas do campo, em busca de trabalho e prosperidade. Por questões econômicas, eram forçados a residir nas favelas e acabam por serem responsabilizados e acusados, por parte da sociedade, pela sua pobreza e fracasso. As favelas eram vistas por algumas pessoas como promotoras do crime, da violência, prostituição e destruição social. E tanto a direita quanto a esquerda viam seus moradores como futuros revolucionários, a partir do momento em que comparassem suas condições precárias à opulência que o cercava. Essa ideia justificava as políticas públicas de remoção e, com as mudanças para os conjuntos habitacionais afastados do Centro da cidade, militantes, parentes e amigos eram separados e distribuídos por diversas favelas. Essa mudança também os distanciava dos centros culturais, do trabalho, das escolas e dos hospitais.

Ao reler este último parágrafo, imediatamente fui catapultado para o Carnaval de 1988, onde a Escola de Samba Estação Primeira de Mangueira exaltava e questionava a Abolição da Escravidão no

Brasil com um belo samba de Hélio Turco, Alvinho e Jurandir, intitulado 100 Anos de Liberdade — Realidade ou Ilusão?

> "...Livre do açoite da senzala
> Preso na miséria da favela..."

Apesar da Ditadura Militar ainda vigente, após muita luta, prisões e mortes, os anos 80 deram início à abertura democrática e muitas vozes se uniram para questionar a desigualdade, a segregação espacial, a injustiça e a exclusão social. Porém a palavra "marginal" popularizou-se mais do que nunca, embora com novas conotações. Não mais se referindo aos moradores que vivem à margem da sociedade brasileira, mas aos bandidos que controlam o território. Os moradores da favela, sem terem a quem recorrer, esmagados entre o poder público e os criminosos, são vistos como reféns ou como cúmplices. E ao longo do tempo, os favelados passam a ser cada vez mais estigmatizados e excluídos, causando um efeito devastador sobre essas comunidades.

De modo geral, as pessoas que não têm acesso ao estranho mundo dos excluídos costumam dar opiniões equivocadas, baseando-se em informações ultrapassadas e preconceituosas. Recomendo que ouçam mais do que falem sobre o tema e aprendam. Tenho em conta que o senso comum ainda considera todas as favelas mais ou menos iguais. Porém, apesar da aparente semelhança, ao longo de sua expansão, as diferenças internas começam a se destacar, imperceptíveis a quem as olha de longe. Nesse sentido, não devemos ignorar os vários fatores que fazem diferença entre elas. Nas áreas suburbanas, encontram-se hortas e criação de animais, algumas têm a população menor e outras mais adensadas, algumas com áreas de lazer, com serviços, comércio sofisticado e até bancos, outras com um crescente mercado imobiliário informal e o surgimento de uma classe média dentro da favela em função da melhoria de suas vidas. As bem localizadas e com o mínimo de infraestrutura passam a ser ocupadas pela classe média decadente com casas de alvenaria e de vários andares.

O povo foi chegando, construindo casas do jeito que podia... e, ao longo de seu crescimento demográfico, as favelas também passam a ser importantes mercados de bens e serviço que não podem ser ignoradas. São médicos, dentistas, advogados e professores que vendem mais barato seus serviços a uma clientela segura, fiel e sempre necessitada. Ah! E não podemos esquecer que existe também uma diferenciação entre os territórios dominados pela milícia e pelo tráfico de drogas.

Invisíveis ao poder público, o qual se faz presente, sobretudo pelas operações policiais, o processo de favelização, a partir dos anos 80, cresceu muito. Então, no final do século XX, a favela deixa de ser um lugar, imaginado no passado como transitório, e passa a ser permanente assim como parte da identidade do Rio de Janeiro.

Finalmente, a Ditadura Militar termina em 1985. Reconquistamos o direito de expressão e de voto. Houve uma explosão de participação nas lutas e, segundo relato dos próprios moradores, houve melhora na oferta de habitação, saneamento, transporte e acesso à educação, porém sem qualidade. Pioram a saúde, segurança, exclusão e a situação econômica. Há menos diversão nos espaços internos, menos participação nas associações de moradores e menos visitas entre amigos e parentes. Apenas a participação nas igrejas pentecostais prosperou, e o cinismo político se instalou com promessas não cumpridas.

E sobre o conjunto habitacional Cidade de Deus? Esse recebeu pessoas oriundas de 63 favelas diferentes, porque foi construído para atender à política de remoção implementada, nos anos 60, pelo Governador Carlos Lacerda.

O Plano de Habitação Popular removeu 139.218 moradores de favelas, entre 1962 e 1974, com a alegação de que, nos novos conjuntos habitacionais, a favela entraria em ordem. Porém a ausência de infraestrutura fez com que os moradores precisassem se reorganizar e solucionar as demandas do novo território. Quando o primeiro caminhão chegou à Cidade de Deus, em 1966, os banheiros ainda eram coletivos e situados na praça, porque não havia sistema de esgoto nas casas. Assim como a água que era oferecida em bicas, na mesma praça, como à época das fontes no Brasil colonial.

Com o intuito de diluir o preconceito e estigma impregnados no termo "favela" e evocar o sentido de algo em comum que une a todos, o termo "comunidade" passou a ser utilizado nos anos 80. Porém, na Cidade de Deus, os termos CDD e favela são os mais usados, entre os moradores, numa evocação de sua história de muita luta no passado e que perdura no presente. A favela parece estar no mesmo lugar, o lugar de residência e resistência. A favela existe e resiste!

A Cidade de Deus alcançou o status de bairro somente em julho de 1981. A consequência foi a nomeação de avenidas, ruas, travessas e praças com personagens e palavras bíblicas substituindo os números de lotes e quadras. Ninguém percebeu qualquer tipo de mudança, pois os problemas permaneceram os mesmos. A luta continua. Renomear o lugar é uma forma de se apropriar dele. De tal maneira que muitos dos nomes atribuídos pelo Estado foram substituídos por outros que teriam maior significado para os moradores. Surgiram nomes como: Praça da Loura, em referência à mulher que vendia café com pão aos trabalhadores, ofuscando o nome oficial de Praça Demétrio; no lugar de Praça dos Profetas, Praça dos Garimpeiros, local de ensaio do bloco carnavalesco de mesmo nome; Praça das 17 Árvores, plantadas em 1973, em vez de Praça Marsena; a Praça Marcada virou a Laminha.

Alguns nomes perduram até hoje, a despeito de seus significados terem se perdido ao longo do tempo como a Porta do Céu, onde havia uma loja de mesmo nome; Pantanal, que era um lugar com aspecto de pântano no final dos apartamentos;

e o tão famoso Karatê, batizado pela boca do povo, devido a dois irmãos, envolvidos no comércio ilegal de drogas, praticarem e usarem com frequência um golpe com as pernas. E por aí vamos... caminhando pelos muitos lugares renomeados ao longo da história da CDD. Atravessada pelo Rio Grande e povoada por nomes bíblicos, que nos fazem sentir em um lugar predestinado ao divino, podemos testemunhar o quão somos esquecidos, enquanto nos deslocamos pelas ruas da Cidade de Deus.

Até 1980, o temor que afligia os favelados era a remoção, hoje temem morrer em um confronto armado. Ninguém se sente seguro, mesmo dentro de casa. A omissão, corrupção e violência do Estado se tornaram parte do cotidiano da favela. Hoje a violência é o maior motivo do desejo de mudança.

Enquanto a pobreza, a falta de políticas habitacionais e os anos 80 avançavam, as favelas cresciam cada vez mais. O plano urbanístico da Cidade de Deus começa a se descaracterizar, e ela empobreceu. Favelas satélites, miseráveis começaram a se erguer; brotaram crianças na rua; as bocas de fumo, antes discretas, oferecem suas mercadorias aos gritos, que se confundem com choro de crianças, burburinho de donas de casa, estudantes e trabalhadores que retornam ao lar.

Aos pouquinhos, a vida foi mudando, e eu continuava o árduo caminho em busca de me tornar um cidadão. Somente Renato, Lenilda e eu persistimos no sonho de viver da fotografia. Concluí o curso de História, e sobre as pessoas que continuo em contato até hoje, Adalton e Almir Paulo estudaram Direito, Zélia cursou Enfermagem, Pablo e Inaê, Educação Artística, Renato firmou-se como o fotógrafo da CDD, Lenilda abriu uma loja de fotografia na Bahia, Wellington concluiu o curso de Administração e Edson Santos, formado em Sociologia, chegou a ocupar o cargo de Ministro da Igualdade Racial.

Salvamo-nos da degradação, graças ao trabalho social e ao nosso idealismo, hoje considerado fora de moda. O trabalho político foi substituído pelos dogmas das igrejas pentecostais e pelo assistencialismo das ONGs.

A TV, a internet e as notícias falsas, chamadas de *fakenews*, guiam nossas cabeças. Enquanto governantes sem palavra e comprometidos com interesses, que não os da nação, dirigem nosso país. Apesar de tudo, não perco a esperança no ser humano e na sua capacidade de sonhar, reinventar-se e avançar na direção de um mundo melhor. Não estamos predestinados ao fracasso. Existe solução para todos os nossos problemas, mas é preciso vontade e coragem para enfrentá-los verdadeiramente.

Ao comparar minhas conquistas com as de meus antigos colegas de infância, escola e diversão, que, por falta de oportunidade, enveredaram pela vida do crime, percebo que progredi bastante em todos os sentidos. Entretanto, esse progresso pessoal, confesso, não me realiza plenamente. Após tantos anos, tantas vitórias e tantos fracassos, ainda espero que o Brasil avance no propósito de alcançar os ideais de uma sociedade mais justa e igualitária.

Em minhas andanças, seja pelos aspectos positivos ou negativos, a Cidade de Deus está sempre lá, forte, presente. Muitas vezes onde eu não gostaria que estivesse. E, enquanto o mundo não se torna um lugar melhor para todos que o habitam, sinto que o sentimento de mudança me perseguirá por toda a existência. Não posso ignorar a ignorância, a pobreza, a miséria, o preconceito, o racismo, a homofobia, a misoginia, o etarismo, a intolerância, o fascismo e a injustiça.

Felizmente, tive a oportunidade de conhecer e fotografar muitos lugares, e, por mais longe que eu vá, a Cidade de Deus está sempre comigo.

Cidade de Deus, com Deus, sem Deus... Presente!

REFERÊNCIAS

ABREU, Maurício de Almeida. *A evolução urbana do Rio de Janeiro.* 4ª edição. Rio de Janeiro: IPP, 2008.

ALENCAR, Francisco; CARPI, Lúcia; RIBEIRO, Marcus Venício. *História da sociedade brasileira.* 1. ed. Rio de Janeiro: Ao Livro Técnico, 1980.

AMORIM, Carlos. *CV – PCC:* a irmandade do crime. Rio de Janeiro: Record, 2003.

BITTENCOURT, Danielle Lopes. *"O morro é do povo":* memórias e experiências de mobilização em favelas cariocas. Dissertação de mestrado. Niterói: UFF, 2012.

BRUM, Mario. *Cidade alta:* história, memória e estigma de favela num conjunto habitacional do Rio de Janeiro. Rio de Janeiro: Ponteio, 2012.

CARDOSO, Maurício; MARKUNAS, Mônica; NERES, Julio Maria. *Negro e negritude.* São Paulo: Edições Loyola, 2003.

CHALHOUB, Sidney. *Cidade febril:* cortiços e epidemias na Corte Imperial. São Paulo: Companhia das Letras, 1996.

CHIAVENATO, Júlio José. *O Massacre da Natureza.* São Paulo: Moderna, 1991.

CORREA, Claudia Franco. *A invisibilidade do direito fundamental demorar nas favelas cariocas:* modo de vida e de reprodução social em mercados informais e no "direito de laje". Anais da 27ª RBA, Belém, 2010.

CORREA, Claudia Franco. *Controvérsias entre o "direito de moradia" em favelas e o Direito de Propriedade imobiliária na Cidade do Rio de Janeiro.* O "direito de laje" em questão. Tese de Doutorado. Programa de Pós-Graduação em Direito. Rio de Janeiro: Universidade Gama filho/UGF, 2001.

DAS OLIVEIRAS, Pablo. *Dicionário de Favelas Marielle Franco.* Disponível em: **https://wikifavelas.com.br/**.

DAS OLIVEIRAS, Pablo. Dicionário de Favelas Marielle Franco. In: *Revista Nós:* Comunicação popular, publicação e resistência na Cidade de Deus. Disponível em: **https://wikifavelas.com.br/**.

DAVIS, Angela. *Estarão as prisões obsoletas?* Rio de Janeiro: Difel, 2018.

DAVIS, Mike. *Planeta Favela.* São Paulo: Boitempo, 2013.

DOS SANTOS, José Wilson. *Remoção da favela Ilha das Dragas* — Universidade Federal Rural do Rio de Janeiro, 2016.

ENDERS, Armelle. *A História do Rio de Janeiro.* Rio de Janeiro: Gryphus, 2008.

FRANÇA, Jean Carvalho. *Visões do Rio de Janeiro colonial:* antologia de textos, 1531-1800. Organização de Jean Carvalho França. Rio de Janeiro: EdUERJ; J. Olympio, 1999.

FRANÇA, Wellington de Moraes. *Nomeação Popular de Logradouros e Microrregiões da Cidade de Deus:* Dicionário de nomes, ruas, praças e travessas da Cidade de Deus. Disponível em: **https://wikifavelas.com.br/index.php/Dicion%C3%A1rio_Popular_dos_Lugares_da_CDD**.

FREIRE, Américo. *Uma capital para a República:* poder federal e forças políticas no Rio de Janeiro na virada para o século XX. Rio de Janeiro: Revan, 2000.

GONÇALVES, Rafael Soares. *Favelas do Rio de Janeiro*: história e direito. Rio de Janeiro: PUC, 2013.

KARASCH, C. Mary. *A vida dos escravos no Rio de Janeiro:* 1808-1850. São Paulo: Companhia das Letras, 1987.

LESSA, Carlos. *O Rio de todos os Brasis*. Rio de Janeiro — (Metrópoles): Record, 2000.

MATTOS, Rômulo Costa. *As "classes perigosas" Habitam as favelas*: um passeio pela crônica policial no período das Reformas Urbanas. Desigualdade e Diversidade. Revista de Ciências Sociais da PUC/Rio, nº5, jul./dez, 2009.

MELLO, Marco Antonio da Silva *et al. Favelas cariocas*: ontem e hoje. Rio de Janeiro: Garamond Ltda, 2012.

MISSE, Michel; WERNECK, Alexandre. (Org.). Conflitos de (grande) interesse: estudos sobre crimes, violências e outras disputas conflituosas. Rio de Janeiro: Garamond, 2012.

MISSE, Michel. *Malandros, marginais e vagabundos:* a acumulação social da violência no Rio de Janeiro. *Rio de Janeiro: Ed.* Lamparina; FAPERJ, 2022.

MOTTA, Marly Silva da. *Rio de Janeiro*: de cidade-capital a Estado da Guanabara. Rio de Janeiro: FGV, 2001.

NETO, João Leite. *Índios e terras:* Ceará, 1850-1880. Fortaleza: Expressão Gráfica, 2006.

PREFEITURA DA CIDADE DO RIO DE JANEIRO. *Memória da destruição Rio:* uma história que se perdeu (1889-1965). Secretaria das Culturas. Arquivo da Cidade, 2002.

QUEIROZ, Suely Robles Reis de. *Escravidão negra no Brasil*. 3. ed. São Paulo: Ática, 2005.

SÃO PAULO. Relatório SAGMACS. Estado de São Paulo. Edição de 13 e 15 de abril de 1960. Versão digital disponível In: MELLO, Marco Antonio da Silva *et al.* (Org.). *Favelas cariocas:* ontem e hoje. Rio de Janeiro: Garamond, 2012.

RIOS, Joacir; ROCHA, Mônica. *Trajetórias de mestres:* Cidade de Deus. São Paulo: Livre Expressão, 2012.

SCHWARCZ, Lilia Moritz; VIDOR, Letícia de Souza. *Negras imagens:* ensaios sobre cultura e escravidão no Brasil. *São Paulo: Editora da Univers*idade: Estação Ciência, 1996.

SILVA, Maria de Lurdes. *Drogas:* da medicina à repressão policial: a cidade do Rio de Janeiro entre 1921 e 1945. Outras Letras, 2015.

SILVA, Maria Laís Pereira da. *Favelas cariocas 1930-1964*. Contraponto: Rio de Janeiro, 2005.

SIMÕES, Soraya Silveira. *Cruzada São Sebastião do Leblon:* uma etnografia da moradia e do cotidiano dos moradores de um conjunto habitacional na Zona Sul do Rio de Janeiro. Tese de Doutorado em Antropologia, PPGA/ICHF-UFF, Niterói, 2008.

SLOB, Bar. *Do barraco ao apartamento:* a "humanização" e a "urbanização" de uma favela situada em um bairro nobre do Rio de Janeiro. 2002. Trabalho de conclusão de curso (Bacharelado em Ciências Sociais) — Universiteit Leiden, 2002.

SOUZA, Marina de Mello e. *África e Brasil africano*. 2. ed. São Paulo: Ática, 2007.

VALLADARES, Lícia do Prado. *Do mito de origem à favela.com*. Rio de Janeiro: FGV, 2005.

VALLADARES, Lícia do Prado. *Passa-se uma casa*: análise do Programa de Remoção de Favelas do Rio de Janeiro. Rio de Janeiro: Zahar, 1978.

VALLADARES, Lícia do Prado; SANT'ANNA, Maria Josefina. *O Rio de Janeiro em teses*. Catálogo bibliográfico 1960-1990. Rio de Janeiro: Urbandata/CEP-RIO, UERJ, 1992.

VENTURA, Zuenir. *Cidade partida*. São Paulo: Companhia das Letras, 1994.

WEATHER, Jeremy. *Filosofia para jovens*. Tradução de Helena Gomes Klimes. São Paulo: Calis, 1999.

WOLF, Fausto. *Rio de Janeiro*: um retrato (a cidade contada pelos seus habitantes). Os anos 80. Rio de Janeiro: Fundação Rio, 1990.

ZALUAR, Alba. *A Máquina e a Revolta*: as organizações populares e o significado da pobreza. São Paulo: Brasiliense, 1985.

ZALUAR, Alba; ALVITO, Marcos. *Um século de favela*. Rio de Janeiro: FGV, 1999.

Páginas visitadas

https://rio.rj.gov.br/

https://reriutaba.ce.gov.br/

https://www.cidadesdomeubrasil.com.br/

https://adelco.org.br/

https://memoriasdaditadura.org.br/

https://www.ubes.org.br/

https://www.politize.com.br/

https://cidades.ibge.gov.br/

https://conhecamarica.com.br/

https://riomemorias.com.br/

Acervos de jornais pesquisados

Correio da Manhã

Folha de S.Paulo

Jornal do Brasil

O Globo

Tribuna de Imprensa

Última hora

AGRADECIMENTOS

Aos personagens deste livro, que entremearam nossas vidas em diversos momentos, fazendo-as mais ricas, profundas, felizes e saborosas. A todos eles que nos ensinaram, cada um a sua maneira, a mergulhar mais longe e mais fundo na vida.

Agradecemos especialmente a Ana Golubi, Any Collin (poetizando o infinito), Elizabeth Príncipe Johnson, Janaina Augusto, Maria de Lourdes da Silva, Nicole Vicente, Zélia Batista, Felipe Magalhães, Juarez Freitas, Guilherme Maggesissi, Junior do Matte, Michel Misse, Pablo das Oliveiras, Rafael Canazart, Sérgio Luiz de Oliveira e Wellington França por nos fazerem acreditar.

E para além da imensidão vai a gratidão à Cidade de Deus e a todos os guerreiros invisíveis do passado, presente e futuro.

Este livro foi composto em Amsi e Nexus Serif e impresso pela gráfica Rotaplan em papel cartão 300g/m² na capa e pólen bold 90g/m² no miolo. Na foto, os autores Mônica Cunhã e Wilson Sussu, em 1981. Wilson foi a inspiração para o personagem Buscapé, que ganhou fama com o livro publicado há 28 anos e com o filme lançado há 23 anos.